U0053386

日本人書寫屏東詩選

林俊宏
大山昌道　合編

目　次

二、日治時期

凡例

一、收錄清領、日治時期，日本人來屏東〔包括出兵、任職、
　　巡視、考察、旅遊〕時創作的漢詩（沿用日人用語），
　　作為屏東古典文學的一環。或有漏收遺珠，容後補輯。

二、各時期依作者姓氏筆劃排序，方便閱讀。

三、記載含作者、詩題、詩、出處和說明 5 項。若該作者有
　　詩多首同時發表，則於最後 1 首註記出處，其餘從略。
　　若有唱和詩、評語，則附於其後。

四、收錄作品如原刊報章字跡不清或缺漏，無法辨識，則以
　　○代之。

五、附錄書寫屏東日本漢詩人小傳（若無法查知生平則暫
　　缺），作為延伸閱讀的參考。

導言

一、緒論

　　學者研究清領、日治時期寓臺、旅臺的日本官吏、文人書寫臺灣的作品，發表論著，對於作品的歸類，屬地屬人各有主張。[1]而廖振富、張明權認為「若從最寬廣的定義來看，只要曾經在臺灣這塊土地上產生的文學，都是臺灣文學。」[2]基於此論點，日本人來到臺灣任職、寓居、考察、旅遊期間，書寫在地風物，抒懷遣興的古典詩（日人稱「漢詩」），應屬於臺灣的文學。

　　屏東地區，行政上轄屬歷來迭有變更，清領時期，包括鳳山縣下淡水溪以東地區及恆春縣；日治時期，曾經多次調

---

[1] 有3種論點：其1，黃得時〈臺灣文學史序說〉（《臺灣文學》3：3，1943）、黃美娥〈臺灣古典文學史概說〉（《臺北文獻》直字151，2005）、施懿琳《全臺詩》（臺文館，2014）等，認為是「臺灣文學」；其次，島田謹二《華麗島文學志：日本詩人の臺灣体験》（明治書院，1995）則列為殖民地的「外地圈文學」；其3，汪毅夫《臺灣文學史研究》（蘭臺，2019）主張「日人在臺灣的漢文學活動，屬於日本漢文學的範疇。」意即日人在臺創作的漢詩，屬於日本漢文學在日本本土以外的延伸。

[2] 《在臺日人漢詩文集・導言》，臺南：臺文館，2013，頁14。

整所屬轄區，依序如臺南州、阿猴（緱）廳、高雄州；本集
「屏東」，係指現行縣轄區域。

　　屏東處於臺灣南端，多樣的地理環境，有山、海、河
川、離島與平原；多元的族群結構，有原住民、平埔、閩
南、客家、新住民和外籍人士；歷史文化上經多次國際事
件、族群衝突，互相吸納融合，形塑獨特的地方文化樣貌。

　　日人書寫屏東的古典詩，戰後未受官方關注，縣府曾委
託專家進行屏東地區藝文資源調查，忽略了此部份；[3] 在臺灣
學界亦屬冷門的領域，在外緣研究方面，專書僅有胡巨川《日
僑漢詩叢談》，[4] 個別介紹在臺吟詠漢詩的日本詩人，臚列發
表的作品，其中有關書寫屏東的部份，可做為進一步查尋的
線索。又，顧敏耀、薛建蓉、許惠玟《一線斯文：臺灣日治
時期古典文學》第 3 章六〈日籍漢文作家〉，[5] 列敘在臺日本

---

[3]　民國89年（2000），屏東縣府委託黃壬來主持藝文資源調查，其中
　　「文學類傳統文學：詩」項，未收錄日治時期日人書寫屏東的漢詩。
　　參考《屏東縣藝文資源調查報告書》，屏東：屏東師院視藝教研所，
　　2000，頁473~532。
[4]　第1-8輯，高雄：春暉，2012-2019。
[5]　第3章六，臺南：臺文館，2012，頁173-186。

文人事蹟及其作品，其中有 9 位到過屏東，文中雖未提及他們書寫屏東的作品，唯敘及來臺個資可作參考。論文有許惠玟〈貴族的「旅行」：玉木懿夫及阪本釟之助詩作中的臺地書寫〉，[6] 論及他們兩位來屏東的日期行程與所寫的詩作，頗具價值。又，林俊宏、大山昌道〈日治時期日本人在屏東的活動及其作品：以松野綠為中心〉[7]，概述日治時期日本人書寫屏東的作品，其中一節探討屏東糖廠囑託松野綠的詩，有再深入探討的空間。莊怡文〈傳統漢學與殖民地及其原住民的交會：以在臺日人漢詩中的牡丹社事件為研究中心〉，[8] 文中引阪本釟之助、青山尚文吟詠屏東詩歌為例論評之，值得參考。

　　本詩選以清末、日治時期（1874；1895~1945）來到屏東的日本人，針對牡丹社事件（日方稱「征台の役、臺灣出兵」）及殖民地屏東地區風土景觀，抒發情志，托物起興創

6　《臺灣學研究》14，2012，頁29-52。
7　《屏東文獻》19，2015，頁189-220。
8　《南國與萬國的那些交會國際學術研討會論文集》，2020，頁105-137。

作的古典詩（漢詩）為搜集範圍。從復刻、數位化日治時期刊行的報章雜誌，如《臺灣日日新報》、《臺灣教育》、《臺南新報》、《斯文》等，蒐羅刊載主題相關的作品；再依來過屏東的日本人梓行的別集，查尋相關作品，如《上山滿之進》、《臺灣雜詠》、《臺島詩程》等。我們找到曾巡視、考察、旅遊屏東，且留下詩作的日本人有 55 位，作品凡 267 首，匯為一集，使屏東古典文學作品呈現較完整的風貌。

二、日本人詩寫屏東的契機

日本人親臨屏東，感受本土風物而吟誦詩歌的契機，有 3 種：

（一）官吏巡視：

清同治 13 年（日本明治 7 年，1874）5 月，日本以琉球（今沖繩）船員曾遭遇海難上岸被殺害，要懲戒「蠻兇」為由，派兵登陸恆春射寮，攻打排灣族牡丹社、高士佛社部落。

8月9日，日方派參議大久保利通（1830~1878）以全權辦理大臣身分到北京，與清廷談判。幾經交涉折衝，簽訂「清日臺灣事件專約」，日軍撤回，牡丹社事件終於落幕。

11月16日，大久保氏回國途中，繞道至琅嶠（恆春），向臺灣蕃地事務都督西鄉從道（1843~1902）告知締結和約、撤軍之事。有〈龜山營中作〉，詩云：[9]

> 大海波鳴月照營，誰知萬里遠征情；孤眠未結還家夢，遙聽中宵喇叭聲。

寫龜山軍營月夜傳來濤聲景況，次句流露其遠征的企圖，末句用聽到遠處喇叭聲，營造戰場氛圍。當時日本也有漢詩人針對事件而寫的作品，出於想像的歌頌征臺軍人、蔑視原住民而違失真情，[10]則不列入討論。

---

[9]　《興風》1，1933，頁33。
[10]　《詩報》第83號，以「邦人來臺作詩之始」為題，刊登日本明治時代大沼枕山〈征蠻歌〉、菅竹洲〈石門〉等，描述日軍出兵征討牡丹社的作品，列為日本人來臺漢詩的「嚆矢」。經查他們並未來過臺灣，

　　日本殖民統治臺灣初期，社會尚未平靜，[11] 交通基礎
建設也不完備，官員要到臺灣南端屏東巡視，一則搭乘船
艦循海路到恆春、墾丁；或在駐警保護下走陸路，部份路
段需乘坐竹轎代步，克服艱險。如第 3 任總督乃木希典
（1849~1912）南巡，乘艦繞道墾丁，有〈鵝鑾鼻途上〉詩
2 首，其 1 詩云：[12]

　　　　臨海斷崖千尺高，天風吹石萬林號；太平洋上不平
　　　　水，重疊激來為怒濤。

　　前半寫海岸斷崖高聳，強風吹過的景象，後半藉太平洋
「不平水」，捲起一波一波的怒濤，反映臺灣人民武裝抗日，

　　作品純屬想像，故如此觀點，值得商榷。
[11] 屏東地區陸續有佳冬步月樓戰役、長興火燒庄之役、林少貓抗日、四
　　林格抗日事件，社會紛擾不已。
[12] 《臺灣日日新報》第7492號，1921年4月14日，版3。詩末魏清德識
　　曰：「乃木總督南巡時作也。曾以湯目參事官囑館森鴻先生為之改易
　　三四字，總督喜為得作者之意。頃館森先生搜檢故紙，得其草稿錄
　　寄，偉人之吐屬為可念也。」乃木氏於1896年11月任總督，而此詩係經
　　館森鴻修改，20多年後才刊出。

社會不平靜的氛圍。乃木氏曾於明治 28 年（1895）10 月，率南路第 2 師團從枋寮登陸，在佳冬步月樓等地遭遇頑強抵抗。故其 2 詩有云「千里又為南海客，夢中半夜聽風濤。」[13] 謂又來到臺灣南端，末句夜半聽濤聲，寄寓殖民統治者面對人民抗爭的心境。

　　明治 32 年（1899）10 月，第 4 任總督兒玉源太郎（1852~1906）到臺南出席第 3 回饗老典，去程乘船繞道東海岸，途中夜宿恆春。次日清晨登船前，隨行記者籾山衣洲（1855~1919）吟詩 1 首，兒玉總督依韻和之，詩云：[14]

　　　　殘月依稀照古城，輿窗曉色看愈清；恆春猶有秋光淡，野菊蟲聲送我行。

　　他親自南下主持饗老典，推動敬老政策，收攬民心。此

13　同前註，其2第3、4句。
14　《臺灣日日新報》第471號〈航南日記〉4，1899年11月26日，版7。籾山氏原詩無題。

詩直敘坐在竹輿上所見恆春秋晨景色，末句藉似送行蟲鳴
聲，增加聽覺的動感。

　　明治37年（1904）10月，總督府民政長官後藤新平
（1857~1929）南下巡視，有《南巡詩草》之作，其中寫恆
春半島景觀詩凡7首，如〈石門〉詩云：[15]

　　　牡丹蕃路草芊芊，回想當時轉黯然；卅載光陰如一
　　　夢，石門風冷夕陽天。

　　從荒煙漫草場景入手，在夕陽時分來到卅年前日軍與原
住民交戰的石門戰場，恍如一場夢，想起士兵傷亡，心情為
之黯然。

---

[15]　《臺灣日日新報》第1961號〈南巡詩草〉3，1904年11月13日，版1。
　　　1904年距1874年牡丹社事件，正好30年。

（二）文人遊歷：

　　1920 年代，臺灣社會日趨安定，環境衛生改善，西部縱貫鐵路開通，[16] 交通逐漸便利，帶動旅遊風潮；加上官方邀請日本文人、或社團幹部來臺考察、參觀，在報章雜誌發表遊記，藉以宣揚皇威和殖民政績。

　　大正 15 年（1926），總督上山滿之進（1869~1938）邀請漢詩人國分青厓（1857~1944）、獸醫博士勝島仙坡（1858~1931）連袂來臺遊覽。他們船行沿東海岸南下，至臺東大武，西向循浸水營越嶺道翻越中央山脈，抵達枋寮。繼往鵝鑾鼻參觀，然後北上，完成旅臺行程。沿途興感紀行所作，國分氏輯為《臺灣雜詩》，勝島氏有《南瀛詩曆》。[17]

　　他們從枋寮南下夜宿恆春，國分青厓賦詩〈恆春〉1 首，

---

[16] 明治41年（1908），臺灣西部縱貫線鐵路興築到高雄。大正3年（1914）2月，高雄至屏東的鐵路開通。大正12年（1923），至溪州（今南州）鐵路通車。

[17] 《臺灣雜詩》收錄於《青厓詩存》卷12；《南瀛詩曆》收錄於《仙坡遺稿》卷3。

詩云：[18]

> 南望鵝鑾千里賒，枋寮沿海路成叉；蒼蒼老樹遮平
> 地，莽莽炎風捲熱沙。絕不知名多異草，久傳有毒走
> 奇蛇；驚魂三日宿蕃界，今夜恆春何處家？

描述枋寮到恆春途中景物，用老樹、炎風、異草、毒蛇營造恆春的炎荒意象，結聯則以在蕃界夜宿的「驚魂」經驗，有今晚要住何處的不確定感。

11月16日，一行人到墾丁種畜場參訪，勝島氏吟詩〈墾丁寮飼畜場〉2首，其2詩云：[19]

> 大尖石下樹蒼蒼，麓拓墾丁飼畜場；優劣隨時能鑑
> 別，人間最重馬牛羊。

---

18 《青厓詩存》卷12《臺灣雜詩》，頁562。
19 《仙坡遺稿》卷3《南瀛詩曆》，頁17。

　　種畜場設於大尖石山下，以白描手法寫他最專業領域事項，末句指出繁殖飼養家畜，供應民生所需肉品，是非常重要的。

　　昭和 2 年（1927）7 月，日本赤十字社副社長阪本鉊之助（1857~1936）來臺視察「結核防治」業務，他自述：「臺灣之地思一游久矣，……四日入臺，經歷臺北、……高雄諸州，閱日十有八日，目睹耳觸者莫不入詩材。」[20] 謂視察遊歷見聞輒賦詩抒感，其中書寫屏東的有 4 首，如〈屏東書院〉詩云：[21]

　　　　苔痕碧鎖舊經筵，老樹深深藏噪蟬；最喜邊民欽厥德，儒宗百代祭三賢。

　　書院屋牆斑駁，老樹響蟬聲，用「藏」字營造院內古穆氛圍，地方居民虔誠的祭祀儒家聖賢。

20　《臺島詩程》，頁1。
21　同前註，頁7。

昭和4年（1929）冬，臺北帝大教授久保天隨（1875~1934）
南下恆春半島踏查史蹟，有〈南游雜詩〉10首記沿途見聞感
受，如其7詩云：[22]

　　恆春南去野蒼蒼，墟落蕭條一路長；偏喜清陰遮赤
　　日，兩行竝植木麻黃。

描寫築城47年的恆春南望一片原野，地景蕭條住家不
多，道路兩旁種植木麻黃可遮陰的景況。

（三）寓居屏東：

有任職屏東的日本人，生活在異地，對環境風土有感
則發抒成詩。在牡丹社事件交戰期間，日軍通譯官水野遵
（1850~1900）有〈龜山〉詩，詩云：[23]

---

[22]　《漢文臺灣日日新報》第10694號，1930年1月24日，版4。
[23]　《大路水野遵先生》第7章，1930，頁306。

　　白沙黃草埋枯骨，戍鼓無聲月色空；曾向故山歸未
得，孤魂夜夜哭秋風。

　　龜山，位於恆春半島西北方，保力溪出海口西南方的隆
起山丘（今車城鄉射寮村），視野佳，日軍駐紮於此。隨軍
軍醫落合泰藏（1849~1937）《明治七年征蠻醫誌》記錄事
件中日軍犧牲人數：戰死者 12 名、患熱病等死亡者 393 名。[24]
真正在與原住民交戰而犧牲的不多，反而因不適應氣候炎
熱，環境衛生條件不佳，蚊蟲叮咬罹病往生的風土病，無法
醫治，讓數百士兵埋骨異地。秋夜蕭瑟，水野氏望見營區附
近墳墓木牌林立的淒涼景象，[25] 感慨不已而作此詩，末句表
達同情戰死士兵孤魂淪落他鄉不能歸故里的悲痛之情。
　　明治 37 年（1904）1 月，吉川田鶴治郎（？~1915）來

[24] 賴麟徵譯〈明治七年牡丹社事件醫誌〉下，《臺灣史料研究》6，
　　1995，頁121。熱病，日人稱間歇熱弛張熱，即瘧疾。事件中官兵犧牲
　　人數，各家統計記載不同。
[25] 賴麟徵譯〈明治七年牡丹社事件醫誌〉上，《臺灣史料研究》5，9月
　　16日條：「落合泰藏不得已冒病工作，這時候離100公尺外的臨時埋葬
　　所已墓碑林立。」1995，頁108。

恆春，擔任熱帶植物殖育場會計主任。性喜吟哦週遭所見景物，有〈港口、恆春間往返途上雜咏九首〉、〈遊鬼仔角山八首〉等詩，港口，位於滿州港口溪出海口，設置殖育場母樹園；鬼仔角山在恆春城東南 3 里，詩作流露他放曠自然，不拘世俗的生活態度。又有〈港口山居六首〉，其 2 詩云：[26]

我愛山居好，全忘利與名；但愁酒家遠，也喜石泉清。

樂命觀雲變，守貧聽鳥聲；柴門人不到，畢竟世緣輕。

閒暇時遊賞泉石林間，觀雲舒捲，靜聽鳥鳴，享受山居樂趣，有陶淵明（約 365~427）田園詩風。

昭和 11 年（1936），臺灣製糖會社屏東工場囑託松野綠（1890~ ？ ），曾作〈送鳥居臺糖董務東行〉詩，詩云：[27]

才學兼優督製糖，積功二十五星霜；陽關惜別歌三

26　《臺灣日日新報》第1883號，1904年8月10日，版1。
27　《詩林》第219集，1939年6月，頁19。

疊，桑落餞行巡幾觴。溝洫炎蠻流似玉，耕耘磽确蔗
如岡；君懷應有并州感，瑞竹屏東是故鄉。

臺糖常務董事鳥居信平（1883~1946）於服務 25 年後，
辭職返回東京，松野氏賦詩送別，頸聯推崇其對開發糖場土
地、灌溉水源的貢獻。並自註：「君開鑿萬隆及大嚮營山
野，引清泉，拓廣圃，瘴癘之地變為佳邑，不毛之土化為美
壤。」[28] 意指他在新埤萬隆農場和枋寮大嚮營農場，採取生
態工法，構築地下堰堤集水廊道，興建二峰圳，汲取伏流水
灌溉蔗田，提高產量。本詩可列為日治屏東糖業發展、水利
工程的參考史料。

三、日本人詩寫屏東的視角與目的

臺灣是日本明治維新後第一個殖民地，初期來臺官吏大
多具有漢文素養，官方將結社吟詩做為攏絡臺灣傳統士紳的

---

[28]　同前註。

政策，帶動各地詩風興起。檢視日本人來屏東所書寫漢詩的視角與目的，可歸納為 4 方面，試舉例說明之。

（一）歌頌皇恩，宣揚殖民政績

1. 石門戰場

　　石門，位於今牡丹鄉石門村東端，斷崖絕壁屹立四重溪山谷河道上，兩岸之間相距僅數十公尺，像聳立一座石門，稱為「石門天險」。明治 7 年（1874）5 月 22 日，排灣族牡丹社人與日軍在石門激戰，雙方各有傷亡。11 月 17 日，大久保利通回程返日途中到石門戰場巡視，作〈訪石門戰場偶成〉，詩云：[29]

　　　　王師一到忽摧兇，戰克三千兵氣雄；請看皇威及異域，石門頭上旭旗風。

───────────
[29] 《興風》1，1933，頁35。

　　前 2 句以戰勝者的口吻，自豪日軍一到立即打敗敵人，
「兇」，指牡丹社人，「戰克三千」，為誇飾詞，實際上雙
方各傷亡十數人而已；後 2 句推崇皇威遠被，在石門飄揚旭
日旗。

　　明治 37 年（1904），後藤新平南下巡視，於石門作〈書
感次大久保甲東韻〉，和大久保氏的作品，詩云：[30]

　　　經略臺澎化悍蒙，滿韓尤見擅其雄；如今帝澤周寰
　　　宇，到處游兒唱國風。

　　站在殖民主義的立場下筆，經營臺灣、澎湖，馴化人
民；繼而擴張到滿洲、朝鮮，國家勢力強大。後半則歌頌日
本天皇恩澤廣被天下，民生安和，到處可以聽到兒童遊戲歡
樂歌聲，肯定殖民統治的政績。此詩呈現出擔任臺灣總督府
民政長官多年的後藤氏尊皇、殖民的思維內涵。[31]

---

[30]　《臺灣日日新報》第1961號，1904年11月13日，版1。
[31]　後藤新平於1898至1906年擔任民政長官。接著就任南滿洲鐵道株式會

他如久保天隨、西川萱南（1878~1941）、勝島仙坡、
藤井葦城（1863~1925）、鹽谷溫（1878~1962）等人，都曾
專程往訪石門戰場，並寫詩歌頌「威震牡丹獰猛蠻」戰果，[32]
宣傳殖民帝國的威勢。

2.屏東糖場瑞竹

　　大正 12 年（1923）4 月 16 日，攝政宮・皇太子裕仁親
王（1901~1989）應總督府邀請，「行啟」殖民地臺灣。[33] 同
月 22 日，蒞臨屏東，視察臺灣製糖株式會社阿緱工場（今
屏東糖廠）與飛行第八聯隊。有詩云：「鶴駕南巡到阿緱，
祥呈枯竹碧芽抽」，[34] 謂事前，在阿緱工場內用竹子、茅草
搭建涼亭做為臨時「御休所」，竹柱竟然長出新芽，裕仁親

社首任總裁。
[32] 有久保氏〈石門〉、西川氏〈石門〉、勝島氏〈石門懷古〉、藤井氏
　　〈石門〉、鹽谷氏〈石門〉。所引為勝島氏〈石門懷古〉詩第2句。
[33] 史稱「東宮行啟」，「行啟」，指皇太子或皇后出巡、訪問、旅行。
　　1926年，裕仁親王繼位，年號「昭和」。
[34] 上山滿之進〈恭賦瑞竹〉首聯，《臺灣日日新報》第9945號，1928年1
　　月1日，版31。

王聞悉稱奇，手撫之。[35] 臺灣總督府官員認為是蒙受「皇恩」所呈現的祥瑞徵兆。於是在糖廠區內設竹林區，移植之而成竹叢，稱為「瑞竹」，又於其旁豎立「皇太子行啟紀念碑」。[36]

由於官方和媒體、旅行案內宣傳而產生歌頌皇恩事蹟的瑞竹傳說，成為熱門旅遊景點之一。第 11 任總督上山滿之進（1869~1938）、第 12 任總督川村竹治（1871~1955）都專程來聖地參拜。[37] 又如到屏東考察的阪本釤之助所作〈瑞竹〉，詩云：[38]

竹屋曾迎鶴駕過，枯枝生葉綠婆娑；風前月下懷仁

[35] 1927年，足達疇村〈瑞竹〉詩云：「……國儲曾渡臺，阿緱為休息；竹柱與屋茅，簡素無裝飾。此竹出竹山，枝葉悉剪得；經過四十日，新芽發秀色。玉手忽觸之，偶爾人鑒識；此君若有靈，必應感令德。……」敘述當時景況。楊儒賓主編《瀛海掇英：臺灣日人書畫圖錄》，新竹：清華大學出版社，2013，頁172。

[36] 行啟紀念碑建於大正13年（1924）4月。瑞竹與紀念碑，戰後已廢除。

[37] 上山滿之進參拜瑞竹報導及〈恭賦瑞竹〉詩，見《臺灣日日新報》，昭和3年（1928）1月1日，31 版。川村竹治參拜瑞竹報導，見《臺灣日日新報》，昭和3年（1928）8月3日；又川村氏有〈詠瑞竹〉詩，《亞洲絕句》，東京：川村竹治先生古稀祝賀會事務所，1941，頁7。

[38] 《臺島詩程》，1927，頁8。

德，鳳尾垂垂瑞色多。

　　前半鋪敘當年迎鶴駕御休所長出新芽的竹柱，今已竹葉濃密景象；後半則藉竹葉形象興起緬懷皇恩之感。

　　日本皇族、各界人士、學生修學旅行，都安排前來參觀，合唱佐佐木信綱（1872~1963）作歌、山崎裕康作曲的〈瑞竹の歌〉；[39] 參拜後吟詩歌頌「鶴駕南巡雨露深」，[40] 尊皇思想流露無遺。高雄州廳規定每年 4 月 22 日，屏東市中小學師生都須到糖廠參拜瑞竹，從此政治傳說成為當時屏東例行的朝聖活動。

---

[39] 佐佐木信綱作歌、山崎裕康作曲〈瑞竹の歌〉，《臺灣日日新報》，昭和9年（1934）1月7日，版10。

[40] 西川萱南〈屏東瑞竹〉詩句，《漢文臺灣日日新報》，昭和5年（1930）6月18日，版4。他如玉木懿夫〈瑞竹〉，收錄《遊臺詩草》（1926），頁4、5。豬口安喜〈遊屏東製糖工場看瑞竹有感〉，《臺灣日日新報》，大正15年（1926）7月26日，版4。藤波千溪〈觀瑞竹〉，《臺灣日日新報》，大正15年（1926）8月3日，版4等。

（二）與本地詩人交流

　　昭和 4 年（1929）元旦，《臺南新報》漢文部主編三屋清陰（1857~1945）應東津吟社邀請來東港旅遊。他說：[41]

> 吟友共為余東道遊覽，或泛舟近海，或棹筏漁塭，陸驅自動車，名勝遺跡莫遠不到；加以朝饗夕宴，以恣蒼海壯觀，盡漁村清興。

　　此行在何雪峰（1896~1943）、蕭永東（1895~1962）等詩友陪伴下，觀賞海景，探訪名勝，朝夕樂而忘歸，於是抒發盡興之感，寫了〈東港遊覽雜詠竝序〉七絕 20 首詩，留下 90 多年前日人眼中的東港人文地景風貌，其中有〈呈東津吟社七賢〉，詩云：[42]

---

[41] 〈東港遊覽雜詠竝序〉，《漢文臺灣日日新報》第10333號，1929年1月25日，版4。

[42] 《漢文臺灣日日新報》第10345號，1929年2月6日，版4。七賢，指東津吟社何雪峰、蕭永東、何鶴峰、李芳癡、李覺幻、張旭宸、陳江山

諸賢治產本無倫，豈料詩才更出塵；賜也善談能貨
殖，未聞餘力作文人。

　　贈詩賦謝該社七位社員，取孔門十哲之一子貢擅長雄
辯、貨殖為喻，推崇他們商場、騷壇皆得意，立意雖佳，然
未免過譽。

　　昭和12年（1937），屏東書院舉行釋奠禮，禮畢，屏
東聯吟會尤鏡明（1903~1953）結識書院改築委員松野綠，
並以詩會友，特地作〈屏東書院祭聖初謁松野翎川先生感賦
即呈斧正並乞賜和〉贈之。另外，同社蘇德興（1897~1956）、
陳文石（1898~1953）、黃森峰（1900~1968）也各有〈步鏡
明君原韻敬呈翎川先生斧正〉詩贈松野氏。[43] 松野氏即作〈孔
子祭后尤鏡明君寄詩次韻卻呈〉和之，詩云：[44]

七位社員。
[43]　《臺灣日報》夕刊第12877號，1937年11月1日，版4。松野綠，字翎川。
[44]　同前註。

無端陪祭識諸公，精敏如君孰得同？擊鉢鬪詩鋒欲
避，臨池驅筆壘難攻。揭來學德欽尼父，共許忠誠慕
放翁；他日大成吾有待，巋然秉鐸半屏東。

前2聯描述於祭孔典禮結識屏東詩人群，受邀參加詩社
舉辦的擊鉢吟；頸聯舉出孔子教人養德、陸游（1125~1210）
忠誠愛國的典故互勉，最後期待在屏東將儒家文化發揚光大。

次年，松野氏邀請屏東聯吟會黃森峰等詩人煮茗談藝
聯誼，因之吟〈某夜敝廬茗集賦似來會諸賢〉詩以贈，詩
云：[45]

倒屐迎賓屋發榮，高談恰似疾風生；舊章振鐸皆同
志，大雅扶輪共締盟。望四百州傷板蕩，仰三千載頌
清明；不知今夕維何夕，樂以忘憂到二更。

---

[45]　《詩報》第179號，1938年6月16日，版2。

　　頷聯謂彼此對傳統文化、儒家思想理念相同，商議共組社團來推動藝文。黃氏有詩〈喜晤松野綠先生即步原玉〉和之。[46]

（三）描述原住民的生活樣貌

　　前述國分青厓和勝島仙坡遊臺行程，在駐衛警護送下，由臺東大武出發，乘坐竹轎，攀越浸水營越嶺道（浸水營古道），2天後到達大樹林駐在所。國分氏在〈大樹林〉詩末句說：「卻為貪奇不憚艱」。[47]可知他們之所以敢冒險安排走山路，經過蕃社，是為了欣賞沿途「雲煙漠漠鎖層巒」的奇觀美景，體驗未曾經歷過的「半旬露宿又風餐，過盡蕃鄉心始安」[48]驚險之旅。

　　途中夜宿力力社，觀賞其表演舞蹈後，國分青厓作〈力

[46]　《瀛海詩集》，2006，頁397。
[47]　《青厓詩存》卷12，1975，頁562。大樹林，指大樹林山，即今大漢山，位屏東、臺東縣交界，為浸水營越嶺道最高點。
[48]　勝島仙坡〈將出蕃界有作〉其1第1、2句，《仙坡遺稿》卷3〈南瀛詩曆〉，1934，頁15。1914年，當地曾因日本警察強制收繳獵槍而發生南蕃事件（浸水營事件），次年始平息。

力社夜觀蕃人踏舞〉詩記感，詩云：[49]

> 設燕山中夜欲央，庭前燎火影煌煌；聞名大武榛狂
> 俗，發興南蕃踏舞場。酋長衣裙披貝錦，少年口鼻奏
> 笙簧。不圖今在荒邈地，鉄舌同聲頌我皇。

力力社（leklek，リキリキ社），屬排灣族。[50]前半寫營
火晚會情景，親身體驗大武山上原住民生活習俗，觀賞其踏
舞勝況；頸聯描寫酋長盛裝出席，少年吹奏口琴鼻笛的情
形。末聯謂訝異在此荒野山區聽到讚頌「我皇」的歌聲。

昭和3年（1928）2月19日，上山滿之進到屏東列席飛
行第8聯隊開隊儀式後，特地安排從潮州到來義、瑪家等「蕃
地」視察5日的行程，[51]作〈蕃界雜吟〉5首抒感，其5詩云：[52]

---

[49]　《青厓詩存》卷12，1975，頁561。
[50]　即力里社，位於春日鄉北部。該社居民已遷徙，僅存舊跡。
[51]　參見《臺灣日日新報》，1928年2月20~24日報導。
[52]　《上山滿之進》上卷，1941，頁810。

拓得石嶤田幾區，三間矮屋僅容軀，自言千頃膏腴
地，遠祖曾徵蕃大租。

　　詩末註：「代蕃父作○昔時漢族來借地納租，蕃人稱云
蕃大租。」上山氏以總督身分不辭辛勞親履山上部落，有
云：「鶡冠徒跣老酋長，導我奔湍絕壁間。」[53]謂由酋長陪
同實地踏查，關懷其生活環境和產業發展，此詩提及原住民
遠祖墾拓耕地，租給漢人耕耘而收租金或穀物，稱為蕃大
租。這是從清代傳下來漢人原住民間土地租賃慣例。
　　昭和 11 年（1936）12 月，東京帝大教授鹽谷溫接受
臺北帝大（今臺大）文政學部東洋文學講座之邀來臺，客
座講授文學史。同月 23 日客座結束，由該學部長今村完道
（1884~1949）陪同環島旅遊。南下經斗六、臺南，取道高雄、
屏東、潮州、枋寮、恆春、四重溪，抵達最南端的鵝鑾鼻，
再沿浸水營古道到臺東大武，經花蓮返臺北。一行人翻山越

---

[53]　同前註，其4末2句。

嶺，鹽谷氏賦詩〈歷歷道中〉記感，詩云：[54]

> 幽谷鳥鳴心自閑，路通紅葉白雲間；悠然轎上吟懷
> 豁，看盡生蕃歷歷山。

描寫乘竹轎前往歷歷社途中的山景和閑適心境，「看盡」
2 字，表示不虛此行，瞭解了「生蕃」的生活樣貌。

（四）書寫本地景觀和產物

日本人詩寫屏東的人文、自然景觀，包括阿緱（今屏
東）、下淡水溪、下淡水溪鐵橋、糖廠瑞竹、屏東書院、屏
東公園蕃舍、排灣族力力社（歷歷社）、東港、枋寮、浸水
營、四重溪、恆春、石門戰場、琉球人墓、鵝鑾鼻、鵝鑾鼻

---

[54] 《臺灣日日新報》第13257號〈臺灣遊草〉其4，1937年2月20日，版
　　8。據鹽谷氏〈宿歷歷蕃社〉詩及《斯文》第19編第6號頁24〈臺灣遊
　　記・リキリキ通信〉記載，「歷歷」，應指歷歷社，或作力力社、力
　　里社；「歷歷山」，指近力里部落的力里山，距古道不遠。蓋日人音
　　譯社名、山名用字音近而不同，參考前註50。

燈塔等，試擇要者說明其內涵。

　　明治42年（1909），臺灣製糖會社阿緱製糖所（今屏東糖廠）開工製糖。臺中縣事務囑託關口隆正（1856~1926）南下考察，作〈南遊雜吟〉，其中有〈阿緱〉1首，詩云：[55]

　　　　甘蔗林中走火車，縱橫鐵路淡煙遮；如今殖產成佳境，不獨倒餐甘味加。

　　前半描述屏東平原一大片甘蔗園，鋪設鐵路運送甘蔗製糖的情景，首句「火車」，指5分車。運蔗火車動力燃煤，排出淡煙。後半則指出現代化製糖乃新興產業，發展必定漸入佳境。此詩扣緊種蔗製糖是屏東農業特產的形象。

　　昭和2年（1927）6月10日起一個月，《臺灣日日新報》舉辦「臺灣八景」全民票選活動。鵝鑾鼻入選，經審查委員實地勘查，名實相符，乃定為臺灣八景之一，在燈塔前方立

---

[55]　《臺灣日日新報》第3472號〈南遊雜吟〉4，1909年11月23日，版1。

碑紀念。[56] 藉官方和媒體大力宣傳，成為旅遊熱點。據查日
人來遊而留下的作品凡 19 首，成為屏東地景文學資產。如
勝島仙坡〈鵝鑾鼻〉其 2 詩云：[57]

　　萬里南溟霽色開，桄榔林下雪濤堆；烈風捲地朝來
　　急，吹撼鵝鑾百尺臺。

　　寫殖民地南端鵝鑾鼻晴空萬里，海上捲起浪濤；落山風
風勢強勁，幾乎撼動百尺燈塔。藉海上浪濤和陸地風勢帶來
動感。
　　昭和 2 年（1927）11 月，伊藤盤南（1866~？）來臺出
席日本全國師範學校校長會議，會前到各地觀光。其在臺遊
歷所作詩輯為《蓬瀛詩程》，收入《西游詩草》附錄。他南
下屏東，有〈到屏東途上〉詩，詩云：[58]

56　「臺灣八景鵝鑾鼻」碑於昭和4年（1929）12月建，碑陰刻評定臺灣八
　　景鵝鑾鼻碑記。
57　《仙坡遺稿》卷3〈南瀛詩曆〉，1934，頁17。
58　《漢文臺灣日日新報》第9906號，1927年11月23日，版4。又，《蓬瀛

禾木豐穰野色遙，鳳萊纍纍接芎蕉；炎風吹向阿緱
地，乍過東洋第一橋。

描寫搭乘火車經過號稱東洋第一橋之下淡水溪鐵橋，望
見一片翠綠的稻田作物，也看到特產鳳梨和香蕉，更感受到
屏東的炎熱。以外來者眼光刻畫本地自然景觀，體驗到異地
之旅的風光。

昭和 12 年（1937），鹽谷溫環島旅遊，來到膾炙人口
的四重溪，作〈四重溪溫泉〉，詩云：[59]

對酒高歌感慨頻，夷民齊樂太平春；石門山上今宵
月，曾照遠征千里人。

前半直敘飲酒高歌訴衷情，後半則拉開時間、空間跨度，

─────────────────

詩程》，1933，頁5。首句改作：「禾蔗豐穰野色饒」。
[59] 《臺灣日日新報》第13256號〈臺灣遊草〉其3，1937年2月19日，版8。

借用李白「今月曾經照古人」（〈把酒問月〉）月意象，將詩境帶到牡丹社事件石門戰場，今晚月色曾照過 63 年前的「征臺」軍，感慨不已。

四、結論

　　日本找藉口出兵攻臺而爆發牡丹社事件，從大久保利通的詩，可以探悉其於明治維新後亟欲擴張勢力的野心。而水野遵的作品，則流露了日本征臺軍埋骨異域的悲情。

　　日治臺灣初期，第 3、4 任總督乃木希典、児玉源太郎和民政長官後藤新平先後到帝國最南端鵝鑾鼻及恆春、石門視察，有詩紀行，形式上似清領時期鳳山縣令宋永清、譚垣視察鳳山八社的巡社詩，[60] 當然，其書寫視角有別，意在宣示殖民轄內疆土。1920 年代後，鵝鑾鼻吸引日人關注，成為遊臺熱門景點，計有勝島仙坡等人所作 19 首描述臺灣八景

---

[60] 宋永清詩，見《全臺詩》1，頁351~357；譚垣詩，見《全臺詩》2，2014，頁424~428。

之一的景觀詩，值得珍惜。

　　裕仁皇太子行啟臺灣發生影響力的瑞竹傳說，經官方、媒體宣傳，吸引各界人士到屏東朝拜瑞竹，凡 18 位日人寫下詩作歌頌「瑞竹林」，當時可謂殖民地勝事。然而，戰後屏東縣文獻會所纂縣志未記載此傳說，[61] 其雖為官方操作天皇思維而成，畢竟雪泥鴻爪，或可將此傳說當作日本統治臺灣留下的人文遺跡，再者，純粹從文學立場審視此批帶有日人皇民印記之書寫瑞竹傳說詩歌，或可列為日人書寫地方景物的史料。

　　在駐警護衛下，國分青厓、勝島仙坡、鹽谷溫等人先後走進浸水營古道原住民部落，親身體驗其生活樣態，賦詩抒感，他們基本上以官方立場，藉詩宣揚「蕃俗」漸趨文明，乃皇恩廣被，理蕃政策的成效。而在山區擔任駐警的沼口半仙和關心原住民的臺灣總督上山滿之進，則近距離觀察其習

---

[61] 古福祥，《屏東縣志》卷首〈大事記〉未記載瑞竹傳說；卷1〈地理志〉第六篇〈名勝古蹟〉亦未見收錄「瑞竹林」，1965，頁11、頁44~58。

俗，寫下不帶殖民色彩，頗富時代性、藝術性的作品。凡此皆可作為屏東原住民文學的資產。

　　日治臺、日文人交流以臺北為中心，很少南下舉辦活動，故三屋清陰與東津吟社、松野綠與屏東聯吟會諸詩友唱和交流，乃南臺灣騷壇難得的機緣，特別是三屋氏遊東港後創作的 20 首遊歷詩，可謂少見的地方文學瑰寶，增添屏東騷壇光彩。

　　日治時期屏東以發展農業為重，從日人書寫的漢詩即可見到相關的詩例，如臺灣總督府技師田代安定（1857~1928）奉命南下在恆春創設熱帶植物殖育場（今行政院農委會林試所恆春分所），該場會計吉川田鶴治郎醉心恆春地理環境，公餘之暇，創作 3 題組詩凡 23 首，乃恆春進行熱帶經濟植物移植試驗難得的風物詩，頗具特色。又，松野綠送別鳥居信平詩，讚譽他為了要墾拓萬隆農場礫石地來種植甘蔗，生產製糖原料，歷經艱辛規畫興建二峰圳的專業與魄力。該圳地下堰堤至今（2022）已屆百年，仍能引取伏流水維持灌溉功能，供給農民耕作用水，對當地耕種、環保和居民生活助

益甚大。此詩亦可視為與本縣農業水利工程相連結的一首史詩。

（修訂《屏東文獻》25 期林俊宏〈從日本人的漢詩看清末、日治時期的屏東人文與風情〉一文而成，頁 80 ～ 98，2023。）

詩選

一、

清領時期

〔一〕大久保利通

001〈龜山營中作〉

　　大海波鳴月照營，誰知萬里遠征情；孤眠未結還家夢，
遙聽中宵喇叭聲。

　　〔《大久保利通日記》九卷，1927，頁 350；《興風》
第 1 集，1933，頁 33；《華麗島文學志》，1995，頁 69〕

　　說明：《大久保利通日記》眉批：「萬里遠征の詩。」

002〈訪石門戰場偶成〉

　　王師一至懲兇酋，戰克三千兵氣雄；請看皇威及異域，
石門頭上旭旗風。

　　〔《大久保利通日記》九卷，1927，頁 350；《興風》
第 1 集，1933，頁 35；《恆春案內誌》，1985，頁 75；《華
麗島文學志》，1995，頁 69〕

　　說明：大久保氏於明治7年（1874）11月16日，抵達琅嶠，次日，巡視石門而作此詩。

　　《日記》所收，後來眉註改作：

　　王師一至懲頑兇，貔貅三千兵氣雄；請見皇威覃異域，石門堡上旭旗風。

　　《興風》所刊首句「一至懲兇酋」，改作「一到忽摧兇」。

　　石門，位於今牡丹鄉溫泉村東端，斷崖絕壁屹立四重溪山谷河道上，兩岸之間相距僅數十公尺，像聳立一座石門，山口狹隘，形勢險要，稱之「石門天險」。

〔二〕水野遵

003〈龜山〉

　　白沙黃草埋枯骨，戍鼓無聲月色空；曾向故山歸未得，孤魂夜夜哭秋風。

　　〔《大路水野遵先生》第 7 章，1930，頁 306〕

　　說明：1874 年（清光緒同治 13 年，日明治 7 年），發生牡丹社事件，水野遵在日軍中擔任通譯，9 月間，有一天自楓港搭小船返回本營龜山，當靠近後灣時望見山上木標林立，甚覺奇怪，遂詢問船夫，船夫說明是日本士兵的墳墓。他見此淒涼景象，有感而作。龜山，又名頂虎頭山，位於保力溪出海口，今車城鄉射寮村國立海洋博物館附近，屹立海邊，形似大龜。

〔三〕安藤定

004、005〈臺灣出兵寄懷〉2首

一

春風三月出京城，花笑鳥歌送我行；前途作期君知否？欲弔臺灣鄭延平。

二

大業七辛八苦間，坐看跋涉幾江山；霸吞瓊埔臺灣境，三十六橋十二彎。

附　沈葆楨和詩

一

既為封服貢王城，突起狼心欲忞行；魚游釜中忘自弔，鄰來談笑說延年。

二

東方保障鎮海間，大海為池城本山；蠢爾東洋小日本，

紛紛鳥語一弓彎。

〔《恆春縣志》卷14〈藝文〉，1960，頁269〕

　　說明：屠繼善《恆春縣志》卷14〈藝文〉收錄沈葆楨和詩，記曰：「同治甲戌，日本人窺伺臺灣，先以七絕二首為嚆矢，沈大臣葆楨依韻覆之。」詩後附「日本來詩」，未署作者。2者皆無詩題，《全臺詩》編者為沈氏和詩擬題：〈依韻答日本使者〉（臺灣文學館，第6冊，2008，頁403）。茲「日本來詩」詩題，為編者所加。

　　據清羅大椿《臺灣倭兵紀事》記曰：「初二日，……當時日官安藤定去時，留詩一首云：春風三月發京城，花笑鳥歌送我行；前路所期君識否？臺灣欲弔鄭延平。又云：大業七辛八苦間，坐看跋涉幾江山；霸吞瓊埔臺灣景，二十五橋十二灣。」（九州出版社、廈門大學出版社，臺灣文獻匯刊第6輯第7冊，2004，p.17～18）。此為「日本來詩」最早的紀錄。

　　彭國棟《廣臺灣詩乘》卷五收錄，同《恆春縣志》卷14

〈藝文〉，惟其一首句「風」字缺，「三」字作「二」。（臺灣省文獻會，1956，頁117）

〔四〕東久世通禧

006〈龜山營中供西鄉都督一粲〉

　　露營半歲勞王師，懲罰功名轟四陲；回想英雄千古感，
陰風五月渡瀘時。

　　〔《明治好音集》，1875，頁11〕

　　說明：明治7年（1874）11月24日，明治天皇侍從長
東久世氏奉命專程送敕書到龜山，令征臺軍撤回。〔落合泰
藏《明治7年生蕃討伐回顧錄》第15章，1920，頁135〕

二、

日治時期

〔五〕乃木希典

007、008〈鵝鑾鼻途上〉2首

　一

臨海斷崖千尺高，天風吹石萬林號；太平洋上不平水，
重疊激來為怒濤。

〔《臺灣日日新報》第 7492 號，1921 年 4 月 14 日，版
3；《朗嘯集》，1943，頁 23〕

　二

朔天遠望北辰高，音信不來鴻雁號；千里又為南海客，
夢中半夜聽風濤。

＊潤菴魏清德謹識：乃木總督南巡時作也。曾以湯目參
事官囑館森鴻先生為之改易三四字，總督喜為得作者之意。
頃館森先生搜檢故紙，得其草稿錄寄，偉人之吐屬可念也。

〔《臺灣日日新報》第 7492 號，1921 年 4 月 14 日，版 3〕

　　說明：本詩係乃木氏南巡途經鵝鑾鼻所作，寫冬天海上、陸地景象。其 1「天風」，形容恆春半島冬季吹落山風，風勢強勁。第 2 句「吹石」，《朗嘯集》所收，改為「吹落」。其 2「又為南海客」，指明治 29 年（1896），第 2 次來臺灣。

〔六〕二宮熊次郎

009〈航海即事〉2首錄1

　　海若重作祟，舟航不如意；難西又難東，避難鵝鑾鼻。

　　吾游素汗漫，何以妨淹滯？只恨無所為，海上日空費。

　　不如改行程，歷游未觀地；試與舟人謀，俱與按地誌。

　　咫尺即恆春，風物稱奇異；況又多蕃人，見聞當足記。

　　日暮獨捨舟，去尋燈臺吏；殷勤乞一宿，前路求指示。

　　吏人憫吾窮，款待無不至；命僮供枕衾，使吾得酣睡。

　　四海皆弟兄，云之何容易；滔滔天下人，誰能解真義？

　　曉來夢初醒，披窗海山翠；煙波淡蕩中，鯨魚集游戲。

　　撫景樂吾心，卻憶前日事；不幸逢覆舟，我當化魚餌。

　　陸路雖迢遙，行止可自恣；言謝辭出門，天涯慘客思。

　　＊衣洲楂客：五古敘事入細，而不落言筌，如深谷孤禽，冷然幽響。

　　〔《臺灣日日新報》第 1454 號，1903 年 3 月 10 日，版

1；《孤松餘影・南遊詩草》，1917，頁 157、158〕

　　說明：二宮氏從安平乘舟北返途中遭強風襲來，被吹到
打狗，終避難鵝鑾鼻，故有此詩之作。《孤松餘影・南遊詩
草》所收詩，改題〈東海岸亦不可行，避難鵝鑾鼻，遂陸路
歸北〉，並潤飾如下：

海伯重作祟，舟行不如意；難西又難東，避難鵝鑾鼻。

此行汗漫遊，何必妨淹滯？只恨無所為，海上日空費。

不如上陸去，歷觀未觀地；乃與舟人謀，俱與檢地誌。

咫尺即恆春，風物稱奇異；況又多蠻社，見聞應足記。

決志與舟辭，夜尋燈臺吏；乞宿說事情，前途求指示。

吏人憫吾窮，款待極周備；命僮具枕衾，許吾伸足睡。

四海皆弟兄，言之太容易；滔滔天下人，誰解其真義？

朝來夢初覺，憑欄海山翠；烟波澹蕩中，鯨魚集遊戲。

對比樂吾心，卻思前日事；一旦舟若覆，吾其為魚餌。

陸路雖間關，行息可自恣；言謝出門去，風雲慘客思。

010〈鵝鑾鼻即事〉

　　獨立岬頭眼界寬，長風萬里涌波瀾；忽思呂宋當吾面，身在臺灣最南端。

011〈恆春道中〉

　　二月恆春路，芙蓉花粲然；風情何所似？故國晚秋天。

012〈楓港途上〉

　　終歲無霜雪，四時與夏同；秋風吹不到，奈此滿山楓。
　　〔《孤松餘影・南遊詩草》，1917，頁157、158〕

〔七〕上山滿之進

013〈力力山上望小琉球嶼〉

力力山巔眼界開，南溟萬里雪濤堆；潮頭黑現琉球嶼，疑是大鵬張翼來。

註：東臺巡遊作，昭和 2 年丁卯 4 月朔發府城，13 日歸。

〔《上山滿之進》上卷，1941，頁 800〕

說明：力力山，今稱力里山，位於春日鄉力里村，標高 1170 公尺。小琉球嶼，位於屏東東港西南方海上，今琉球鄉。

014、015〈鵝鑾鼻〉2 首

一

鵝鑾岬角日西銜，萬里長風吹客衫；極目滄瀛雲影畫，雪濤欲動七星岩。

＊魏潤庵拜讀：「《巡轅吟草》凡二十首，節錄六首，寫

景則怪岩急湍，嵐光嶼影，極雲煙縹渺，波濤變化之奇。」

〔《臺灣日日新報》第9698號，1927年4月29日，版4〕

說明：《上山滿之進》所收同題詩，改作：

鵝鑾岬角屹巉巖，萬里長風拂客衫；遙望驚濤翻白雪，海心隱見七星巖。

二

呂宋南望三百里，黑潮澎湃拍天流；鵝鑾岬角悵懷古，當日健兒今在不？

〔《上山滿之進》上卷，1941，頁801〕

016〈恭賦瑞竹〉

鶴駕南巡到阿緱，祥呈枯竹碧芽抽；寵光經日根株固，恩露積年枝葉稠。戛玉聲振風靜曉，篩金影動月明秋；長霑一視同仁德，四百萬民何以酬？

〔《臺灣日日新報》第9945號，1928年1月1日，版31；《上山滿之進》上卷，1941，頁794、795〕

017~021〈蕃界雜吟〉自二月念前一日至念三

一

嵯峨石逕駕輿行，蕭颯風從木末生；俯瞰斷厓千尺下，
溪光如練白分明。

二

崎嶇坂路試躋攀，双戟攙空大武山；佇立巖頭一長嘯，
白雲中斷夕陽殷。

三

停驂蕃社宿層嵐，逐鹿中原想戰酣；榾柮爐邊傾濁酒，
醉聞射豹搏熊談。

四

匼匝青連山又山，蠻花狖鳥異塵寰；鶡冠徒跣老酋長，
導我奔湍絕壁間。

五

拓得石畦田幾區，三間矮屋僅容軀，自言千頃膏腴地，
遠祖曾徵蕃大租。

（代蕃父作○昔時漢族來借地納租，蕃人稱云蕃大租）

〔《上山滿之進》上卷，1941，頁 810〕

說明：昭和 3 年（1928）2 月 19 日至 23 日，總督巡視來義、瑪家等蕃地後作。

〔八〕川村竹治

022〈詠瑞竹〉

一從鶴駕此停轅，絕域于今佳氣繁；慈竹有心滋雨露，
分枝著葉答皇恩。

〔《亞洲絕句》，1941，頁 7〕

說明：於昭和 3 年（1928）8 月 2 日，到屏東製糖工場
巡視時作。第 2 句「于」，原作「干」，語意不合，似誤，
逕改。

〔九〕川畑哲堂

023〈瑞竹〉

　　東宮行啟蒞南溟，草木河山亦奉迎；柱竹生芽呈瑞氣，
猗猗長育益繁榮。

　　〔《臺灣日日新報》第14157號，1939年8月14日，版8〕

〔十〕土居通豫

024〈寄人在琅嶠〉

　　別後不堪重倚樓，百杯何日共消愁；黑潮黃霧秋千里，人在琅嶠灣盡頭。

　　〔《竹風蘭雨集》附錄詩，1943，頁 2；《朗嘯集》，1943，頁 20〕

〔十一〕三屋清陰

〈東港遊覽雜詠竝序〉

　　己巳元旦，嘉義公會堂交禮畢，遄搭汽車南遊東港，以應東津吟社之招。東津吟社為何雪峰、蕭冷史、何鶴峰、李芳痴、李覺幻、張旭宸、陳江山七人之結社，請吉池國手為顧問。車行抵鳳山，何雪峰君來迎，同乘到溪州，則社友特備自動車來遲，余到轉乘後，未幾達東港。余主雪峰君家，淹留連日，吟友共為余東道遊覽，或泛舟近海，或棹筏魚塭，陸驅自動車，名勝遺跡莫遠不到。加以朝饗夕宴，以恣蒼海壯觀，盡漁村清興，使余朝夕樂而忘歸，雜詠二十首賦謝。

　　說明：序中「溪州」，即今「南州」。又「特備自動車來遲」句中「來遲」，似應作「來迎」。

025、026〈元日旅行〉2首

一

巳歲七遭還迓春，飄然攜筆向東津；此行非為新年賀，巧避醉狂尋吉人。

二

周道縱橫車輛馳，蕉園蔗圃望無涯；太平今日多佳興，況是吟朋休暇時。

027〈到鳳山何雪峰君來迎〉

不見五年如百年，相逢俱喜兩身全；評詩論道遲明日，先放青眸詠淡川。

028〈雪峰君家庭〉

一家棣萼耀諸方，不獨才名冠此鄉；今日來尋雞黍約，靄然和氣滿蘭堂。

〔《漢文臺灣日日新報》第10333號，1929年1月25日，版4〕

029、030〈魚塭清遊〉2首

一

潮流淼漫水連空，品字魚陂略約通；一路竹枝聲不斷，少娃操棹盪春風。

二

大武連山遙作屏，小琉球嶼遠浮青；風和水暖常如夏，無數魚苗發育寧。

031〈謝魚塭管理者許明和君〉

堂亭瀟洒大陂傍，巨蟹肥鰕酒也香；況有主人同我好，不知暮色已蒼蒼。

032~034〈東港野色〉3首

一

　烏樹圍陂田野肥，潮流洗岸見柴扉；東津臘月無霜雪，花卉叢中蛺蝶飛。

二

　短榕為岸影交加，曲曲川流醮淺沙；不管輕寒猶作態，日烘〇菜半〇花。

三

　風捲黃雲寒意生，一車機巧水〇聲；雁奴知我非羅者，行盡橫塘也不驚。

〔《漢文臺灣日日新報》第10337號，1929年1月29日，版4〕

035〈過東津橋〉

　碧流如鏡影迢迢，兩岸人家間綠條；略似閩江江畔路，夕陽春水洪山橋。

036〈竹橋奇觀〉

　　竹橋蜒蜿架晴川，恰似蛟龍涉碧淵；日暮行人忙競渡，奔騰影亂鏡中天。

037〈海角驚濤〉

　　潮抱危洲去復生，沙崩地撼意難平；四時常夏晴天雪，蹴岸轟於巨砲聲。

〔《漢文臺灣日日新報》第 10340 號，1929 年 2 月 1 日，版 4〕

038〈津口入船〉

　　浦迴鯨渤與天通，千斛峩船十幅風；直望海門爭泊入，滿帆涼氣夕陽中。

039〈津頭落霞〉

　　殘暉晴抹暮天霞，綠綺紅綃各足誇；浦口潮來春水潤，

一灣錦浪漲桃花。

040〈近海漁火〉

微茫漁火出江干，明滅隨潮走急湍；臨水旅亭清不寐，
蕭蕭風度雁聲寒。

〔《漢文臺灣日日新報》第 10343 號，1929 年 2 月 4 日，
版 8〕

041〈呈東津吟社七賢〉

諸賢治產本無倫，豈料詩才更出塵；賜也善談能貨殖，
未聞餘力作文人。

042〈題吉池國手書畫帖〉

筆走龍蛇妙逼真，諸般藝術亦無倫；殊驚此手通神力，
醫國多懷不化民。

043〈吉池國手宅有瓶梅〉

冰雪為魂玉是姿，信風先上向陽枝；偶然遊興忙吟事，又被梅兄課一詩。

044〈謝蕭冷史君〉

東道連朝盡壯觀，歸途遠送客懷寬；戴文辭去四王迂，頗倩天公披畫看。

＊魏潤菴漫評：記事、寫景、贈人諸詩各有佳致，真如入山陰道上，目不暇給也。

〔《漢文臺灣日日新報》第 10345 號，1929 年 2 月 6 日，版 4〕

說明：昭和 4 年（1929）1 月，三屋氏應東津吟社之邀來東港遊覽，吟詠七絕 20 首。蕭永東作〈歡迎三屋先生來遊〉七絕詩迎接；並有〈步三屋先生韻〉5 首步韻詩。

〔十二〕久保天隨

045~047〈瑞竹三章〉

一

綠竹猗猗，伐而復生，生氣逾旺，美蔭乃成。

二

綠竹猗猗，勝彼渭濱，宜雨宜露，枝葉每新。

三

綠竹猗猗，清陰滿地，虛心直節，洵愜我思。

〔《秋碧吟廬詩鈔》卷 16，1938，頁 4、5〕

說明：詠屏東糖廠廠區內皇太子行啟時所植瑞竹。

048~050〈鵝鑾鼻三律〉

一

百尺孤高臺勢雄，登臨如在大虛空；山含瘴癘煙○黑，

日射珊瑚海變紅。擬見蜃樓浮積水，且張鵬翼搏長風；雲間
宛有群仙聽，散髮凌滄曲未終。

　　二

　　遠水晴開一景新，誰言山海欲揚塵；黑潮盪岸排魚陣，
赤道當天轉火輪。風雨前年茲擊楫，蓬瀛何月可通津；狂呼
且使群鷗〇，萬里蒼茫一愴神。

　　三

　　太清灝氣瘴初收，嘯立南荒地盡頭；大海煙濤連呂宋，
遙天島嶼控琉球。潭心潮湧魚龍窟，巖角風臨鶗鴃愁；羈宦
初知乘興好，乾坤廓落此飄游。

　　＊魏潤菴漫評：逸興飛揚，奇文蔚起。想見登臨放眼，
橫絕太空之概。

　　〔《漢文臺灣日日新報》第 10692 號，1930 年 1 月 22 日，
版 4〕

051~058〈南遊雜詩〉10首錄8

三

四野含煙日氣濃，征人欲卸袂衣重；芭蕉簇綠桄榔黑，歲盡南荒不識冬。

四

臘天訝見火雲燒，日午黃塵路一條；車上薰風吹面好，川原滿目熟芎蕉。

五

行盡潮州路更賒，偏嫌客鬢著塵沙；旋看籬柵猩猩木，嫩葉梢頭紅似花。

六

車城灣泊捕鯨舟，海口波平蜃氣浮；大武東南引餘脈，亂山高下到貓頭。

七

恆春南去野蒼蒼，墟落蕭條一路長；偏喜清陰遮赤日，兩行竝植木麻黃。

八

石田磽确廢農耕，人在瘴嵐堆裡行；除卻尖山劍鋩似，幾多怪嶂不知名。

九

往事淒涼歲月徂，球人叢葬此山隅；魂兮今日應含笑，長護天南新版圖。

十

六師壓境賊氛紅，地在山圍潮打中；憶得名臣詩句好，石門堡上旭旗紅。

＊魏潤菴漫評：點綴氣候、草木、地名，信手拈來，頭頭是道。石頭二詩，弔古情深。

〔《漢文臺灣日日新報》第10694號，1930年1月24日，版4〕

說明：昭和4年（1929）冬，到恆春半島踏查史蹟，吟詠沿途見聞。前2首非書寫屏東，故不錄。

059〈四重溪浴舍〉

　浴後晞吾髮，敲詩倚碧欄；茲捐五情累，始覺九天寬。
返照明峰頂，涼風擺樹端；勝游宜歲晚，南徼不知寒。

060〈石門〉

　將軍虎嘯服群蕃，形勝于今石作門；只任黃沙埋戰骨，
幾時碧月弔冤魂。峽天雲斂危峰出，棧樹風鳴亂水奔；一自
南荒霑雨露，谿山清氣變乾坤。

061〈聽潮館曉起〉

　海門水濶魚龍穩，天宇風高星斗搖；夢後倚欄寒稍緊，
何來艣響曉生潮。

　＊魏潤庵漫評：以浴後寫四重溪，弔古寫石門，各以上
四句了之，下半句法陡變，生面別開，曉起就潮字著眼，不
即不離，壽山觀海，筆象開豁，雅興題稱，平昔壯心今在
否？江山猶得助詩豪，覺六一居士送人句，為不虛也。

〔《漢文臺灣日日新報》第 10700 號，1930 年 1 月 30 日，
版 4；《斯文》第 14 編第 3 號「題襟小集」，1932 年 3 月，
頁 26、27〕

〔十三〕小西和

062〈鵝鑾鼻〉

鵝鑾鼻角聳燈臺，倚杖凝眸蒼翠來；三百里南惟比島，
黑潮奔駛碎崖回。

說明：原刊詩題作〈鵝鼻鑾〉，似誤植，逕改正。

063〈弔石門戰跡〉

王師征討牡丹蕃，碧血猶存是石門；六十年前交戰蹟，
腥風撲水激湍奔。

〔《南洋水產》第 4 卷第 10 號（第 41 號）〈南洋巡游
雜詩〉六，1938 年 10 月，頁 50~51〕

064~067〈鵝鑾鼻燈臺〉（在臺灣最南端）4首

一

怒濤狂瀾捲蒼穹，奇巖怯石瀛海中；突出正南作崖壁，鵝鑾鼻岬鍾天工。

二

岬頭燈臺壓浪屹，放射燈光如炬紅；入雲圓塔似天柱，其高千尺摩大空。

三

我來登臨攀階級，曲折盤旋迷雙瞳；光閃灼爍達百里，艦船暗夜辨交通。

四

四望洪蕩無邊極，水天髣髴一碧同；南至濠洲東米國，鵬搏扶搖萬里風。

〔《南洋水產》第 5 卷第 1 號（第 44 號），1939 年 1 月，頁 50~51〕

〔十四〕小室貞次郎

068〈鵝鑾鼻〉

七星岩遠望迷濛，莽莽鯨濤拍太空；覽勝小臣深感激，南端萬里度皇風。

069〈瑞竹〉

屏東瞻瑞竹，弄影翠猗猗；聖朝多雨露，不斷頌皇基。

〔《漢文臺灣日日新報》第 11491 號，1932 年 4 月 6 日，版 8〕

〔十五〕井上圓了

070〈阿緱行〉

　　臺南一望野連空，車向阿緱廳下通；皇國西陲猶未達，恆春遠在白雲中。

　　〔《焉知詩堂集》第 1 編，1918，頁 20〕

　　說明：本詩為組詩〈臺灣〉27 首之 15。

〔十六〕田代安定

071〈恆春書感〉

臺灣歸皇土，官海送多年；經營貨殖計，庸才愧素餐。

何以報臣職？寤寐心惶然；一朝決所思，獻呈植樹篇。

眾議贊新案，創始茲敷宣；奉命撰區域，跋涉幾山川。

恆春安定里，地位告安全；明治己卯歲，赴任拓山巔。

移栽殊域樹，種類及百千；育養凝意匠，喜憂百慮牽。

蠻僚俱棲宅，幽鄉離世緣；野服伍傖父，居措比老禪。

日日攜規矩，夜夜枕書眠；草廠充官舍，晏如樂我天。

山中忘曆日，人稱吏中仙；企圖多違策，功業憾遷延。

初知創業苦，亦識守成難；騎虎走千里，不須同僚憐。

元期邦家利，豈厭微軀捐；成敗在天運，毀譽附雲煙。

報効男兒事，但願晚節堅。

*尾崎秀真曰：天倪田代先生受命殖產，啟發蕃界，居恆春山中十餘年，躬親鋤鏊，與諸蕃耦耕隴畝，胼手胝足，

熱心業務，殆自忘其為高官，而蕃人之對先生，因其熱誠指
導，亦愛之如慈父，望之若神人，不敢有忤。君早以其地為
仙寰，桑麻竹木，別饒塵外之趣。余十餘年前曾隨後藤棲霞
方伯足履其疆，今讀此詩，其間所敘情景，宛然在目，令余
回思往事，感慨繫之，而又對於先生之盡瘁國家，佩服不
勝也。

〔《恆春熱帶植物殖育場事業報告》第 5 輯〈緒言〉，
1915，頁 11、12〕

說明：明治 40 年（1907）初夏作，署名天倪子。

〔十七〕田健治郎

072〈駕撫順丸航行鵝鑾鼻角帝國最南端〉

　　黑潮急駛北風號，巨舶簸揚如桔槔；千百海豚衝浪躍，
鵝鑾鼻角客懷豪。

073〈自墾丁種畜場到林業試驗所途上口吟〉

　　牛羊澤澤路漫漫，尖石山邊越翠巒；榕樹垂枝如構屋，
清水噴處駐輿看。

074〈此日行程約十一里途上得一絕〉

　　恆春北去路悠悠，轎度山谿又海陬；天外孤帆何處往？
青螺一抹小琉球。

　　〔《臺灣總督田健治郎日記》（上），2001，頁 280、
282、284〕

　　說明：大正 9 年（1920）4 月 26、27、28 日，田氏赴恆
春半島巡視時所作。而田健治郎傳記編纂會編《田健治郎傳》
錄此詩，第 3、4 句改作「遙見水天相接處，波間浮出小琉球。
（小琉球島名也）」〔東京，1932，頁 422〕

〔十八〕永田桂月

075〈下淡水溪鐵橋〉

東洋第一鐵橋長，如畫青山隔水望；橋上風輪行絡繹，悠悠平野草花香。

076〈瑞竹〉

屏東瑞竹鬱森森，拜覽真成感激吟；景仰聖恩如雨露，俱蘇萬物見天心。

〔《臺灣日日新報》夕刊第 14070 號，1939 年 5 月 19 日，版 4〕

〔十九〕平野師應

077〈恆春途上口吟〉

　　籃輿幾日雨濛濛，跋涉山川西又東；不似去年春風下，
輕車載夢過櫻宮。

　　〔《安平》第 4 期，1905 年 1 月 25 日，頁 51〕

〔廿〕玉木懿夫

078、079〈萊社蕃〉2首

一

大武山中萊社蕃，雲煙深鎖數家村；壯夫成隊齊羅拜，
銀珮豹裘頭目尊。

說明：本詩曾改題〈大武山所見〉，刊〔《臺灣日日新
報》第9522號，1926年11月4日，版4〕，第2句「數」，
作「十」；第3句，作「腰刀被酒踏歌出」。

二

蕃婦含羞真可憐，花簪涅齒破瓜年；一生不識別離恨，
日與藁砧耕庶田。
〔《遊臺詩草》，1926，頁4〕

080〈瑞竹〉

　　大正癸亥歲，攝政宮巡南疆，屏東臺灣製糖會社以竹造便殿，竹柱生萌，以為嘉瑞。辛苦培養，而見成竹。未數年，鬱然成林矣，稱曰瑞竹。

　　新簀清蔭合，櫛櫛百餘莖；月上鳳尾搖，風來鸞弄笙。

　　去年迎鶴駕，南微樹雲旌；葵藿皆傾日，蠻夷盡奉誠。

　　結茅當殿宇，伐竹作軒楹；枯幹綠回色，嫩枝黃迸萌。

　　梁園甘露降，蓬島瑞光呈；天壤無窮國，龍孫歲歲生。

　　〔《遊臺詩草》，1926，頁4、5〕

〔廿一〕伊藤貞次郎

081〈石門即時并引〉

　　明治七年，陸軍中將西鄉從道率兵入海，征服牡丹、高士佛諸蕃。先是我琉球漂民五十餘人之遇慘殺也，熟蕃某拾收其屍葬之。將軍凱旋之日，改葬建碑，碑在石門西五、六里。

　　石門高崎水泱泱，蕃社隔山雲樹長；欲問當年功伐迹，村童猶說小西鄉。

　　＊豐山曰：「轉結頗巧，改功伐為征伐，何如？」

　　〔《劍潭餘光》卷上，1914，頁 29、30〕

　　說明：明治 43 年（1910）經過石門而作，第 3 句「功」，似為「攻」，音同形近而誤。

〔廿二〕伊藤鶯城

082〈瑞竹〉（為臺灣製糖公司賦）

少陽升震方，春德遍南荒；生蕃承和氣，絕島漲韶光。

慈竹龍生角，蓬山鸞包房；琅玕支玉柱，翡翠覆華堂。

露下聯明曜，風來起嫩涼；密葉青張蓋，濃陰黃曳裳。

開徑邀仙履，分行護象牀；天颷吹〇鶴，千里尚聞香。

〔《漢文臺灣日日新報》第9879號，1927年10月27日，版4〕

〔廿三〕伊藤盤南

083〈到屏東途上〉

禾木豐穰野色遙，鳳萊纍纍接芎蕉；炎風吹向阿緱地，乍過東洋第一橋。

〔《漢文臺灣日日新報》第9906號，1927年11月23日，版4；《蓬瀛詩程》，1933，頁5〕

說明：《蓬瀛詩程》所收詩，改作：

禾蔗豐穰野色饒，○萊纍纍接芎蕉；朅來更向阿緱地，乍過東洋第一橋。

084〈屏東製糖會社瑞竹〉

綠竹猗猗玉址清，吟風弄月有餘榮；龍孫更長千秋瑞，籟發如聞鸞鳳聲。

〔《漢文臺灣日日新報》第9906號，1927年11月23日，

版 4；《蓬瀛詩程》，1933，頁 6〕

　　說明：《蓬瀛詩程》所收詩，詩題改為：〈見瑞竹（臺灣製糖會社境內）〉，改作：「綠竹猗猗玉址清，于今風月有餘榮；炎南騰此千秋瑞，恍聽瑤天鸞鳳聲。」

〔廿四〕吉川田鶴治郎

085、086〈恆春即事次松塢詞兄韻遙寄〉

一

一角殘山日欲昏，今宵誰共對琴樽；天涯淪落雙魚斷，空望雲濤立海門。

二

客舍深宵夢未闌，哀猿叫月遶林端；家山緬想雪三尺，我在恆春不識寒。

〔《臺灣日日新報》第1772號，1904年3月31日，版1〕

說明：次韻柳原松塢〈寄懷赤嵌諸詞友〉、〈夜坐〉詩。

087~095〈港口、恆春間往返途上雜咏九首〉

一

遠岫雲環亂山出，荒溪水抱茂林流；前宵雨霽蠻村外，

尚有朝來喚雨鳩。

（阿眉社）

二

雨後南薰意快哉，行看積翠眼前堆；長溪水漲深三尺，
童子騎牛容易來。

（猪勝東溪）

三

蠻家疏密隔林巒，一路縈紆幾澗磻；老佛三千八百尺，
即為唯我獨尊看。

（老佛山山高實測有三千八百尺云）

四

生計豈無嗟式微，山村到處爨烟稀；荊釵短袂誰家婦，
〇擔柴薪換米歸。

（山路逢負米婦）

五

恆春城邑別乾坤，最好四時草色暄；一望先知牧牛利，
他年誰拓此郊原？

（恆春城東郊原）

六

恆春城外草蔓蔓，山繞郊原四望寬；童子追牛向家去，疎林一路夕陽殘。

（同上）

七

前宵雨霽雨還催，嵐氣凝來雲不開；此處谷神應我喚，少時停杖碧崔嵬。

（射〇裡山中）

八

荒溪水潤淡斜暉，山郭蕭條犬吠稀；自笑疎狂似仙客，追雲獨向翠微歸。

（回港口）

九

草鞋泥重雨餘時，山路崎嶇步更遲；十里歸程日將暮，空歎腳力不堪疲。

（同上）

〔《臺灣日日新報》第1863號，1904年7月17日，版1〕

096、097〈六月二十六日夜大風有感〉

一

海鳴遙聽似奔雷，倏忽狂風拔樹來；想得三軍攻擊勢，
陰雲慘有亂猿哀。

二

怒號疑是裂林丘，一夜悄然抱杞憂；大樹僵兮巨巖走，
正知風力勝千牛。

〔《臺灣日日新報》第1864號，1904年7月19日，版1〕

098~103〈港口山居六首〉

一

我愛山居好，軟風無暑寒；芒鞋晴雨足，葛綌四時安。
樹葉煎為藥，草芽煮可餐；既忘生計苦，心與白雲寬。

二

我愛山居好，全忘利與名；但愁酒家遠，也喜石泉清。

樂命觀雲變，守貧聽鳥聲；柴門人不到，畢竟世緣輕。

三

我愛山居好，柴關謝俗紛；幽窗多戲蝶，雲榻少飛蚊。
披卷慕先聖，貪眠苦宿醺；時攜釣竿去，江岸伍鷗群。

四

我愛山居好，靜閑臥竹床；孤雲隔炎熱，一雨送清涼。
林影催詩意，泉聲洗俗腸；誰知此幽味，日與午眠長。

五

我愛山居好，白雲為四鄰；青燈伴幽獨，黃卷慰清真。
常耐思原憲，曾無羨買臣；夜深猶未睡，默坐悟前因。

六

我愛山居好，世譁久不聞；瓦罇有新釀，古櫃畜香饙。
出野挑蔬甲，入林獵鹿麕；庖廚朝暮足，誰識意中欣。

*黃植亭曰：筆情淡宕，神味幽閒，一種清超之致，撲人眉宇。

*西山樵夫曰：港口山居六首，景與情合，境與神融，道閑曠之致，則若孤舟飄搖，夷猶忘還；論淡泊之意，則似

空山無人，花落水流。獲諸邇而寓諸遐，默會成興，發聲成韻，不圖極南炎徼，聽此虛籟之妙。

〔《臺灣日日新報》第1883號，1904年8月10日，版1〕

104~111〈遊鬼仔角山八首〉（山在恆春城東南三里）

一

幽樹參差鳥語譁，嶺雲含雨午涼加；停筇試自岩頭望，灣外如蓬是我家。

二

奇筠異樹隔人寰，巨石如屏也似關；幽鳥逢人愕無語，山光萬古白雲閑。

三

天工鬼削石為門，老樹鬱蔥無斧痕；漸到雲中路將盡，犬雞聲遠憶桃源。

四

鬼角山間仙境同，雲封樹密晝蒙蒙；來尋欲問前朝事，人住珊瑚岩窟中。

〔《臺灣日日新報》第1917號，1904年9月18日，版1〕

五

巨岩高樹懶雲中，細徑欲窮猶不窮；殊境尋奇到幽處，花陰始見白眉翁。

六

孤峰高聳海中天，疏雨生涼夕照前；極目雲濤渾一碧，不知紅嶼是何邊？

七

雲繞山間常變化，樹生石罅倒低垂；薜蘿躋去天將近，八面玲瓏物色奇。

八

嵐氣如秋暑乍消，石門苔徑晝清寥；兔仔蠻社知何處，唯有群猿叫樹條。

＊黃植亭曰：筆情開展，氣象清超，間見醒豁語，有登高一望，目窮千里之概。

〔《臺灣日日新報》第1918號，1904年9月20日，版1〕

112~115〈欲去恆春醉吟〉

一

杖頭蕭索去恆春，客裡度年憔悴身；從是酒錢就誰乞，天教疎放嘆沈淪。

二

天教疎放嘆沈淪，初志忘羊奈此身；未定青苔埋骨處，雲山踏破去恆春。

三

雲山踏破去恆春，富貴越吟矧此身；半世阮途知幾度，萍因絮果嘆沈淪。

四

萍因絮果嘆沈淪，自譏輕於雲水身；莎帽蕉衫秋氣冷，杖頭蕭索去恆春。

〔《臺灣日日新報》第 1952 號，1904 年 11 月 2 日，版 1〕

〔廿五〕西川萱南

116〈屏東瑞竹〉

　　鶴駕南巡雨露深，載生瑞竹鬱成林；枝頭習習薰風動，
宛聽簫韶鸞鳳吟。

　　＊魏潤菴漫評：和聲鳴盛之什。

　　〔《漢文臺灣日日新報》第 10838 號，1930 年 6 月 18
日，版 4；又刊《臺灣教育》第 338 號，1930 年 9 月 1 日，
頁 123〕

117〈宿四重溪〉

　　浴後倚亭檻，悄看斜照春；群山競高下，流水自琤琮。
　　幾歲長天隔，今宵一笑逢；開尊同嘯咏，南徼此停節。

118〈石門〉

　　石壁中分儼作門，晚風殘月欲消魂；緬懷名將懲蕃族，

滿地紅花似血痕。

〔《臺灣教育》第 336 號，1930 年 7 月 1 日，頁 131〕

119〈宿鵝鑾鼻〉

蓬島南端地盡邊，登樓曠望氣翛然；黑潮浩蕩涵空漲，紅日曈曨出浪鮮。得雨龍身浮大海，迎風鵬翼摶長天；詩成高唱憑欄角，今夕傾尊作謫仙。

120〈又拈一絕〉

鵝鑾岬塔俯潮流，遠望依稀蜃吐樓；今我登臨興無限，嘯聲落水舞潛虯。

〔《臺灣教育》第 337 號，1930 年 8 月 1 日，頁 110〕

〔廿六〕安永孤竹

121〈送豬瀨檢察官巡視六堆〉

自古六堆多義民，率先今日仰同仁；丹心奉命謀心服，不待能文喻蜀人。

〔《臺灣日日新報》第 271 號，1897 年 8 月 5 日，版 4〕

說明：明治 30 年（1897）4 月，臺灣總督府法院檢察官豬瀨藤重奉命至六堆巡視，安永氏（署名「安永勿庵參」）吟詩贈之。

122〈下淡水溪所見〉

淡水名空濁水流，流分燕尾吐長洲；茅花如雪沒蓑笠，人步熱沙尋渡頭。

〔《臺灣日日新報》第 341 號，1897 年 10 月 27 日，版 4〕

〔廿七〕佐佐木基

123〈顧阿緱廳是〉

　　新開通路便交通，產業改良民力豐；廳是顧吾施此政，
勇往專行期有終。

124〈寄阿緱會〉

　　夢過三十五年春，電信寄來情太真；遺憾參商難相會，
天南繫思幾昏晨。

　　〔《屏東詩存》第 2 輯，頁 25，1937〕

　　說明：詩題後註「昭和 11 年 1 月 19 日」，故本詩為
1936 年，從東京回寄給阿緱會之作，表示無法出席。

〔廿八〕足達疇村

125 〈瑞竹篇〉

竹質元清堅，竹性亦勁直；竹心受空虛，竹節愈峻特。

國儲曾渡臺，阿緱為休息；竹柱與屋茅，簡素無裝飾。

此竹出竹山，枝葉悉剪得；經過四十日，新芽發秀色。

玉手忽觸之，偶爾人鑒識；此君若有靈，必應感令德。

及今綠檀欒，龍孫殊播殖；仰欽瑞竹叢，珊珊頌皇極。

〔《瀛海掇英：臺灣日人書畫圖錄》，2013，頁 172〕

〔廿九〕阪本釤之助

126〈雨中過淡水溪〉

一溪水漲有魚肥，更見山前白鷺飛；人在張家詩句裏，斜風細雨綠蓑衣。

127〈屏東書院〉

苔痕碧鎖舊經筵，老樹深深藏噪蟬；最喜邊民欽厥德，儒宗百代祭三賢。

（後堂有百代儒宗匾）

128〈瑞竹〉

臺灣製糖公司在屏東建竹屋奉迎鶴駕後，竹柱生根，枝葉繁茂，真奇瑞矣。

竹屋曾迎鶴駕過，枯枝生葉綠婆娑；風前月下懷仁德，鳳尾垂垂瑞色多。

129〈蕃舍〉

在屏東公園傍，以石片築焉，蕃人入市者，為安息之處。楣上雕人面數種，為一奇觀。

顏容幾種刻簷楣，喜怒悲歡巧表情；也是蕃人一天地，石牀土席足安生。

〔《臺島詩程》，1927，頁 7 ～ 9〕

〔卅〕尾崎秀真

130〈下淡水溪途上〉

　　路入屏東風物暄，長程不覺日將昏；平沙遠水行難盡，
竹筏牛車度幾邨。

　　〔《臺灣日日新報》第 4144 號，1911 年 12 月 10 日，版
3；《共進會記念臺灣寫真帖》，1916〕

131〈鵝鑾鼻〉

　　絕南一角屹燈臺，落日登臨海色開；奇勝如斯今始見，
激濤高蹴九天來。

　　〔《竹風蘭雨集》，1907，頁 10；《共進會記念臺灣寫
真帖》，1916；《朗嘯集》，1943，頁 23、24〕

　　說明：原刊於臺灣總督府發行《常夏の臺灣》，介紹鵝
鑾鼻。首句「一」，原作「海」；第 2 句「海」，原作「溟」。

132〈鵝鑾鼻燈臺〉

　　潮繞南灣山勢斷，驚濤直撼千尋岸；孤鴻飛盡欲黃昏，
天半忽看燈影爛。

　　〔《臺灣日日新報》第6815號，1919年6月7日，版3〕

〔卅一〕児玉源太郎

133〈鵝鑾鼻燈臺〉

　　殘月依稀照古城，輿窗曉色看愈清；恆春猶有秋光淡，野菊蟲聲送我行。

　　〔《臺灣日日新報》第 471 號《航南日記（四）》，1899 年 11 月 26 日，版 7；《臺灣藝苑》第 2 卷第 11 號，1928 年 3 月 1 日，頁 23〕

　　說明：明治 32 年（1899）10 月，到臺南參加第 3 次饗老典。去程乘船繞道東海岸，停留蘇澳港、花蓮港、鵝鑾鼻、車城，夜宿恆春，次日晨登船前，隨行記者籾山衣洲吟詩寫景，児玉依韻和之。《臺灣藝苑》收錄此詩，首句「照」，改為「掛」，詩題為該誌編者所加。

134〈恆春道上口占〉

微風陣陣送涼來，四望霞收曙色開；占得鶯歌人未起，相思樹畔獨徘徊。

〔《瀛洲詩集》，1933，頁 83〕

〔卅二〕沼口半仙

135〈詠屏東蕃老濃溪之吊橋〉

　　一帶翠欄掛亂叢，奇觀莫比老濃㴉；高橫百尺橋天路，雲裏有人行碧空。

　　〔《日本警察新聞》第 552 號，1922 年 5 月 15 日，頁 22〕

136〈述懷屏東〉

　　雄心壯志尚今存，人事何須成敗論；剩此頭顱未全禿，一絲一髮報君恩。

137〈偶成〉

　　有鳥不啼過幾年，獨栖喬木抱雲眠；勿言微物無雙翼，且見橫飛上九天。

138〈偶感〉

慇懃三顧草廬裡，青史長傳千古蹤；不見方今雲霧夢，
深淵空臥一蛟龍。

139〈感懷〉

落泊江湖未染塵，死生有命樂天真；丹心一片摩難盡，
欲報邦家不顧身。

　＊三屋清陰云：感慨中帶清穩之氣，有所謂詞人忠厚之
概者。

　〔《臺南新報》第 7277 號，1922 年 6 月 7 日，版 5〕

　說明：以上 4 首，又收在〈私の所感〉一文內，題為〈書
感 4 首〉。據第 1 首詩題得知，此 4 首七絕寫於屏東，並修
改如下：

　微軀自許壯心存，人事何須成敗論；偏奉聖皇仁德意，
馴將番族報君恩。

　　有鳥不啼過幾年，老松枝上抱雲眠；世人休謂無雙翼，早晚應看上九天。

　　頻煩三顧茅廬裡，青史長傳千古蹤；後主如今何處在？深淵空臥一蛟龍。

　　不受人間名譽塵，悠悠安分樂天真；丹心只兒邦家事，危急還何惜一身？
　　〔《臺灣警察協會雜誌》第 62 號，1922 年 7 月 25 日，頁 88〕

140、141〈屏東蕃新居〉2首

　　一
　　茅廬斜占碧山西，愛聽深林鳥靜啼；不謂人間名利事，此鄉自是武陵溪。
　　二
　　飄然去俗入仙寰，明月清風心自閑；暮暮朝朝無他事，

與猿俱樂小溪間。

〔《日本警察新聞》第 554 號，1922 年 6 月 15 日，頁 22〕

142、143〈屏東蕃仙洞〉

一

卑官帶劍住仙寰，刁斗無聲心自閑；不羨王公靈囿樂，與鷗馴得小溪間。

＊松軒曰：是何等之樂鄉，利奔名走之徒，夢想應不及。

二

家在青山碧水間，白雲一線劃塵寰；門無走利奔名客，咏月吟風意自閑。

＊松軒曰：此詩吟來，承句殊覺幽邃。

〔《臺灣警察協會雜誌》第 61 號，1922 年 6 月 25 日，頁 85〕

說明：以上 2 詩，收在〈屏東蕃の仙洞〉一文中，詩題

為編者所加。

　　其二，另以〈新居〉為題，發表於《臺南新報》第7323號，1922年7月23日，版5。末句「意自閑」，改作「花自閑」。

144、145〈屏東蕃界偶感〉

　　一

　　客途空過廿餘春，到處遊踪足養神；滿目江山雲霧幻，半肩行李老風雲。花前酌酒懷堪暢，月下吟詩意更新；卻笑雄圖歸　夢，蓬萊洞裏寄斯身。

　　二

　　柴門深鎖白雲中，高臥不求名與功；倦鳥飛還千嶂夕，老猿來叫一溪風。晴耕雨讀娛何歇，水態山容望不窮；誰識幽居雲外客，奉公欲盡寸心忠。

　　〔《臺南新報》第7281號，1922年6月11日，版5〕

　　說明：描寫在屏東原住民聚落生活的感受。另以〈書感寄富島知事閣下〉為題，發表於《日本警察新聞》第561號，

1922 年 10 月 1 日，頁 24。

惟其一第 3 句「雲霧」，改作「漂夢」；第 4 句「雲」，
改作「塵」；第 7 句「夢」，改作「擲」。其二，第 7 句「雲
外客」，改作「塵外趣」。

146〈夏日閑居〉

三間茅屋靜，終日自忘機；雨霽江開鏡，雲來山著衣。
清風生禪味，明月入新詩；獨坐閑窓裏，悠然對夕暉。

147〈仙洞偶成〉

四面圍奇石，茅檐掛玉泉；群峰沖碧漢，曠野漾青煙。
好鳥啼庭後，美花咲屋前；移榻涼風裏，起臥人將仙。
〔《日本警察新聞》第 562 號，1922 年 10 月 15 日，頁
22〕

148〈留別仙洞〉

一從此地寄吟身，三歲優悠情太真；去後年年桃李節，

夢魂應到武陵濱。

　　＊松軒曰：半仙君久在武陵之仙境，將全仙而今去其地，惜別之情可想矣。

149〈留別友人〉

　　山風俄起捲狂雲，月照離愁曉色分；勿唱陽關三疊曲，此聲蕭殺不勝聞。

　　＊松軒曰：平生娛耳樂目之物，離亭都是作愁情之媒。

150〈秋夜思故鄉〉

　　白露溥溥夜氣清，風簷對月坐三更；故園千里無消息，天半空聞過雁聲。

　　＊松軒曰：後半是唐人口吻。

　　〔《臺灣警察協會雜誌》第 65 號，1922 年 10 月 25 日，頁 99〕

〔卅三〕青山尚文

151〈下淡水溪〉

　　汎濫溪流兩岸遙，五千餘尺鐵成橋；高抽水面金鼇腳，
橫駕岩頭玉蝀腰。曲折迴山識源遠，奔騰入海覺天搖；壯心
題柱當年客，零落南荒渴未消。

　　說明：《昭和詩文》刊登此詩，改作：
　　一道奔流兩岸遙，五千餘尺鐵成橋；雲煙忽起金鼇背，
霹靂時轟玉蝀腰。亂磧生風蒼樹吼，洪濤捲地赭山搖；壯心
題柱平生志，來滯炎洲渴未消。
　　又，《臺灣雜詠》收錄此詩，第 3 句「背」改作「腳」；
第 7、8 句改作「誰憐題柱相如病，空滯炎洲渴未消。」
　　＊岩溪裳川曰：希風抗迹，以律體出之，古人而往往觀
之，此詩庶幾乎。
　　＊魏潤菴曰：用相如典，詞氣亦橫行一世，但不知逆旅

主人有夢蟄蜻者否？

152〈屏東〉

　　行人十月汗難乾，木葉不飛天不寒；千里信音須忘遠，四時襆被豈嫌單。風邊似翥鳳凰樹，露底如翻蝴蝶蘭；鶴駕曾留奇蹟在，一叢瑞竹碧琅玗。

　　〔《臺灣日日新報》第 10463 號，1929 年 6 月 5 日，版 8；《昭和詩文》第 20 帙第 6 集第 166 輯，1930 年 6 月，頁 13；《臺灣雜詠》，1931，頁 8 ～ 9〕

　　說明：《昭和詩文》刊登此詩，第 7 句改作：「長憶青宮停鶴駕」。

　　又，《臺灣雜詠》收錄此詩，改作：

　　屏東十月未知寒，路上行人衣悉單；千頃蔗田遙錯落，幾楹蠻屋半頹殘。風邊紅翥鳳凰樹，露底白翻蝴蝶蘭；長憶青宮停鶴駕，一叢瑞竹碧琅玗。

＊岩溪裳川曰：遠客欣慰，不似無病而呻吟者。

＊魏潤菴曰：對杖工整，如讀杜老芳稻碧梧之作。

〔卅四〕松崎仁三郎

153〈忠義亭偶感〉

　　義民憤起討公仇，百萬蒼生解暗憂；赫赫功勳神鬼泣，
精忠貫日照千秋。

154〈忠義亭懷古〉

　　腐木廢堂壁破危，里人積竹作垣籬；懷忠義士今何處？
想起英魂淚滿碑。

　　〔《嗚呼忠義亭》，1935年，頁269、271〕

　　說明：忠義亭位於屏東竹田，祭祀客家六堆為保衛鄉土
而犧牲的忠義之士。

〔卅五〕松野綠

155、156〈屏東孔子祭所感〉

一

粉壁朱門廟貌尊，潔陳俎豆禮容敦；追陪何幸南炎地，酌得千秋洙泗源。

〔《斯文》第 19 編第 11 號，1937 年 11 月 1 日，頁 91；又刊《詩報》第 179 號，1938 年 6 月 16 日，頁 2〕

二

百年祠廟儼乎尊，新祭方知禮意敦；韶濩聲中人肅列，仰思斯道緝熙源。

說明：《詩報》所刊，改題為〈屏東孔子祭所感擊鉢二首〉，詩後加「自注：祭典始用神式。」此 2 詩，乃出席屏東聯吟會於祭孔後，假日春樓舉行之擊鉢吟所作。

157〈孔子祭后尤鏡明君寄詩次韻卻呈〉

　　無端陪祭識諸公，精敏如君孰得同？擊鉢鬬詩鋒欲避，臨池驅筆壘難攻。竭來學德欽尼父，共許忠誠慕放翁；他日大成吾有待，歸然秉鐸半屏東。

　　〔《臺灣日報》夕刊第 12877 號，1937 年 11 月 1 日，版 4；《詩報》第 179 號，1938 年 6 月 16 日，頁 2〕

　　說明：尤鏡明〈屏東書院祭聖初謁松野翎川先生感賦即呈斧正並乞賜和〉詩：

　　偶陪祭聖得瞻公，器宇才華迥不同；漢學獨能深造詣，和歌人羨最精攻。欲推孔教扶王道，敢效嚴光作釣翁；瑞竹○鍾風雅氣，聯吟異彩繞屏東。

　　〔《臺灣日報》夕刊第 12877 號，1937 年 11 月 1 日，版 4〕

158〈某夜敝廬茗集賦似來會諸賢〉

　　倒屣迎賓屋發榮，高談恰似疾風生；舊章振鐸皆同志，

大雅扶輪共締盟。望四百州傷板蕩，仰三千載頌清明；不知
今夕維何夕，樂以忘憂到二更。

〔《詩報》第 179 號，1938 年 6 月 16 日，頁 2〕

說明：邀屏東聯吟會黃森峰等人到家裡煮茗談話聯誼。
黃森峰有〈喜晤松野綠先生即步原玉〉和詩：

陪聽清談與有榮，頻煩煮茗話平生；儒林自昔恆宗道，
藝苑從茲賴主盟。對話似聞蘭室臭，措心同照玉壺明；何當
共結以文會，抂雅楊風永不更。

〔《瀛海詩集》，2006，頁 397〕

159〈送宗藤市尹榮遷之高雄〉

滿堂歡戚裡，酌酒送君行；果斷生剛毅，嘉猷發篤誠。
彬彬興市政，郁郁樹文旌；黃鳥遷喬去，那禁惜別情。
〔《詩報》第 179 號，1938 年 6 月 16 日，頁 2〕

說明：送屏東市尹宗藤大陸遷調高雄。

160〈瑞竹三十韻〉

瑞竹承恩露，猗猗正參天；瑞竹是何物？聖德之攸緣。

上昔在蒼震，大正癸亥年；臺灣初行啟，舉島喜欲顛。

編程捧呈了，糖廠不與銓；上顧問左右，屏東何以躅？

左右頓首答，驕陽炎威偏；況復糖廠內，苦熱如烹煎。

曰有民勞作，予敢不蒞焉；德音傳糖廠，感激洵無前。

探竹竹山邑，築舍迎鶴軿；九重會有事，發軔期太延。

竹柱色既褪，是日生芽妍；上樂而撫弄，欣欣帶笑旋。

爾來從調養，截得九塊圓；分植便殿趾，張根生育全。

龍孫每歲長，鳳尾瑞色鮮；元是難活物，橐馳養視捐。

自非感聖德，何見此芊綿？而瑞更加瑞，一株群花聯。

子落新竹出，別成叢林娟；糖廠歡抃極，雙園共護旃。

接鄰建有館，四望淨域連；館內珍寶列，御影壇上懸。

為設遙拜所，昕夕禮致虔；遠邇聞此事，來拜日百千。

嗚乎竹園尚，義與王室駢；君仁臣忠毅，我邦獨所專。

即今南炎徼，竹園雙蔚然；天意豈難測，謳歌國威宣。

＊國府種德曰：繩削斤斤，搖筆揮灑，瑞竹祥光，奕奕照楮。憶十五年前，謇予叨汙供奉之班末，陪隨鶴駕，到古阿緱，親瞻祥禎無比。心竊期賦一篇，竟未能果。今誦箇雄作，當年聖容猶在目前。為正襟又為抱羞，覆誦數過，簌簌清韻，來吹淨几。

〔《風月報》第80號，1939年2月15日，頁21；又刊《詩報》第176號，1938年5月3日，頁4、《臺灣日日新報》夕刊第13333號，1937年5月8日，版4〕

161〈屏東〉

武山東聳淡溪南，平野連天街市含；一郭巍巍糖廠畔，風吹蔗葉送香甘。

〔《詩報》第177號，1938年5月22日，頁3〕

說明：〈南遊雜詩〉之一。

162〈四重溪溫泉〉

　　懸軍討伐牡丹蕃，遺跡行人說石門；今日溫泉歡樂足，
南荒復見別乾坤。

　　〔《詩報》第 178 號，1938 年 6 月 1 日，頁 4〕

　　說明：〈南遊雜詩〉之一。

163〈屏東迎鹽谷節山博士小宴席上賦似〉

　　四世相承才學深，文章氣節萬人欽；窮南邂逅先呼酒，
難抑陳遵投轄心。

　　自註：節山氏宕陰先生四世裔，宕陰弟有簣山，簣山子
有青山，三先生相承以至節山博士。現為文科大學名譽教
授，曾以事至臺灣。

　　〔《斯文》第 19 編第 6 號，1937 年 6 月 1 日，頁 22、
23；又刊《詩報》第 185 號，1938 年 9 月 17 日，頁 2〕

說明：鹽谷溫係應臺北帝大文政學部禮聘，來臺擔任講座教授。課程結束後，安排全島旅遊，途經屏東。

164〈屏東行啟記念祝辰謹賦〉

枯竹萌芽鬱作林，禎祥萬古跡堪欽；居民交說當年事，彷彿如瞻鶴駕臨。

〔《詩報》第 187 號，1938 年 10 月 17 日，頁 3〕

說明：大正 12 年（ 1923 ）4 月 22 日，皇太子裕仁親王到臺糖阿緱工場巡視。

165〈屏東斯文會成誌喜〉

浮海乘桴語尚新，奚疑奎運日東振；江山半壁茲成社，書院重修更禮神。非道弘人人用力，以文會友友扶仁；遭逢盛事難禁喜，曾是蠻花猺草濱。

註：屏東書院祀孔聖，久萎荒廢，今茲改構，第四句道及。

〔《詩報》第 199 號，1939 年 4 月 17 日，頁 2；又刊《詩林》第 217 集；《斯文》第 22 編第 1 號，1940 年 1 月 1 日，頁 72〕

說明：《斯文》第 22 編第 1 號所刊，第 3 句「成社」改作「興社」，第 4 句「書院」改作「祠院」；又，自註首句作「臺灣南疆屏東書院祀孔聖」。

166〈送鳥居臺糖董務東行〉

才學兼優督製糖，積功二十五星霜；陽關惜別歌三疊，桑落餞行巡幾觴。溝洫炎蠻流似玉，耕耘磽确蔗如岡；君懷應有并州感，瑞竹屏東是故鄉。

＊自註：君開鑿萬隆及大響營山野，引清泉，拓廣圃，瘴癘之地變為佳邑，不毛之土化為美壤，五六道及之。

〔《詩報》第 200 號，1939 年 5 月 3 日，頁 4；又刊《詩林》第 219 集，1939 年 6 月，頁 19〕

說明：送臺糖會社常務董事鳥居信平（Torii Nobuhei，1883~1946）返東京。

167〈賦贈藍漏秀君〉

萬年橋畔墅，瀟洒隔風塵；竹樹青圍屋，園池碧泛鱗。

琴書左右列，卷軸後先陳；高雅思天分，屏東第一人。

＊自注：君尤愛書畫，藏玩及三千云。

〔《詩林》第 228 集，1940 年 3 月 10 日，頁 13〕

說明：本詩寫在藍氏別墅「逸園」欣賞書畫情景。該園（原址：千歲町 30 番地）位於屏東市自立路萬年溪畔，建國國小往東約 50 公尺，今已易主改建。

168~170〈逸園小集〉次王少濤詩韻3首

一

逸園同作客，花咲鳥啼時；隔水無塵到，閒評畫與詩。

二

品詩還讀畫，聽水復觀山；不覺春將老，為賓永日閒。

三

小山留客三，唱和對青嵐；莫恠香生筆，仙娥勸玉柑。

〔《詩林》第 235 集，1940 年 10 月 10 日，頁 36〕

說明：藍漏秀邀松野氏與王少濤到逸園小聚。

〔卅六〕後藤新平

171、172〈恆春雜詠〉2首

一

山河風物十分新，不記當年幾苦辛；今日民人齊擊壤，恆春更自有餘春。

二

劫塵曾不到南陬，草木森森互古稠；十月蟬聲翻綠葉，恆春地暖未知秋。

＊植亭曰：情生景，景生情，恆春氣象曲繪而出，其含蓄處，尤耐人尋味。

〔《臺灣日日新報》第1961號，1904年11月13日，版1，〈南巡詩草〉3〕

173、174〈恆春雜詩〉2首

一

一花一草看來新，培養曾經幾苦辛；隨處美妍風日好，佳名不負是恆春。

二

恆春天地不知秋，十月蟬聲綠葉稠；隔斷當年戰塵慘，閒花冷笑幾林邱。

〔《棲霞詩草》，2009，頁36〕

175〈讀琉球漂民碑憶西鄉都督〉

掃石焚香夕照天，苦碑讀罷淚潸然；四重溪畔將軍跡，彷彿威容在眼前。

〔《臺灣日日新報》第1961號，1904年11月13日，版1，〈南巡詩草〉3；又刊《臺灣寫真帖》，1908，頁74〕

說明：指讀琉球藩民之墓碑背面刻西鄉從道撰碑文。

《臺灣寫真帖》所錄詩，第2句「苦碑」，作「蘚碑」。

《棲霞詩草》，2009，頁36所收，改作：

掃石焚香易黯然，四重溪畔夕陽天；無端憶到將軍跡，彷彿威容在眼前。

176〈書感次大久保甲東韻〉

經略臺澎化悍蒙，滿韓尤見擅其雄；如今帝澤周寰宇，到處游兒唱國風。

＊植亭曰：氣機流盪，暢所欲言，自是通人吐屬。

說明：次韻大久保利通〈訪石門戰場偶成〉詩。

《棲霞詩草》，2009，頁37所收，改作：

或拓荊榛或啟蒙，臺澎韓滿地圖雄；如今帝澤遍寰宇，到處群兒唱國風。

177〈石門〉

牡丹蕃路草芊芊，想到當時轉黯然；卅載光陰真一夢，

石門風冷夕陽天。

〔《臺灣日日新報》第1961號，1904年11月13日，版1，〈南巡詩草〉3；又刊《臺灣寫真帖》，1908，頁74；又見《棲霞詩草》，2009，頁37〕

說明：《臺灣寫真帖》所錄詩，第2句「想到」，作「回想」；第3句「真」，作「如」。

178、179〈鵝鑾鼻燈臺〉2首

一

燈臺高照海門清，不負東洋第一名；奪得天工歸妙手，卻疑南角北星明。

二

學術尖新技巧興，築臺臨海幾層層；直偕明月爭殊色，萬里寒光是此燈。

＊植亭曰：氣勢軒昂，聲情發越，恍惚光騰萬丈。

〔《臺灣日日新報》第1962號，1904年11月15日，版1，

〈南巡詩草〉4；又刊《臺灣寫真帖》，1908，頁76〕

　　說明：《臺灣寫真帖》所收，其一第1句「門」，改作「天」；第3句「天」，改作「化」。

180、181〈鵝鑾鼻燈臺〉2首

　　一

　　岬角鵝鑾喚欲鷹，高臺築在碧雲層；波光月色任明滅，不夜乾坤無盡燈。

　　二

　　照從鶬路到鵬程，不負東洋第一名；天半孤燈光四照，南方卻見北辰明。

　　〔《棲霞詩草》，2009，頁37～38〕

　　說明：民政長官後藤氏於明治37年（1904）10月13日，到恆春半島鵝鑾鼻巡視。參考《臺灣日日新報》第1941號，1904年10月19日，版2報導。

〔卅七〕秋田俊男

182〈大坂埒口占〉

波浪如山落又回，鏜鏜餘響擊樓臺；蕃童何事相喚急？
百尺鯨鯢壓海來。

〔《采詩集》第 8 編，1913 年 1 月〕

說明：大坂埒，位於恆春南灣，三面環山，一面臨海，
與巴士海峽相連，為臺灣唯一捕鯨場。日治時期日人設會社
從事捕鯨事業。

〔卅八〕籾山衣洲

183〈恆春秋曉〉

軋軋籃輿曉出城，郊原蟲響太淒清；南邊風物多奇趣，
月下征衫帶雨行。

〔《臺灣日日新報》第 471 號《航南日記（四）》，
1899 年 11 月 26 日，版 7〕

說明：明治 32 年（ 1899 ） 10 月 21 日至 11 月 17 日，
以記者身分隨臺灣總督兒玉源太郎到臺南參加饗老典。去程
乘船繞道東海岸，停留蘇澳港、花蓮港、鵝鑾鼻、車城，夜
宿恆春，10 月 26 日晨登船前所作。詩題為編者所加。

〔卅九〕柳原松塢

184〈蝴蝶蘭歌〉

　　玉山南走如驚浪，巒將盡處琅嶠灘；一岬突出鵝鑾鼻，
蒼波千里望淼漫。黿背仙人飲沆瀣，曉乘南風度長瀾；鉢中
寄種隨風散，洞陰巖角春正闌。葉似蝶翅疊碧玉，花含清露
欺素紈；火棗金葩不須覓，瓊液輕盈清可餐。故人尋詩水雲
外，偶寄數莖助我歡；煙霞同癖瘦似鶴，清淡論交臭如蘭。
灌水護根朝還暮，耕讀倦時笑相看；天風一陣吹衣袂，棧猿
峽月入夢寒。

　　〔《臺灣日日新報》第 1772 號，1904 年 3 月 31 日，版 1〕

〔四十〕原田春境

185〈夜至小琉球〉

月明如鏡水如油，子夜長風送片舟；人語喃喃眠未熟，青螺一點小琉球。

〔《漢文臺灣日日新報》第 3341 號，1909 年 6 月 20 日，版 5〕

說明：錄自原田氏〈游小琉球記〉一文，詩題為編者所加。

〔四一〕高橋坦

186〈鵝鑾鼻〉

　月下何人斬巨鯨，黑潮浩蕩萬雷聲；岩頭有個燈臺在，
帝國南端海路明。

　〔《漢文臺灣日日新報》第11527號，1932年5月13日，
版8〕

〔四二〕能勢靖一

187〈過浸水營〉

　臺島山河幾變遷，遂歸皇土化光宣；清時曾是駐兵跡，
殘壘蕭蕭語往年。

　註：在臺東、阿緱兩治之中央分水嶺，海拔五千尺。

　〔《采詩集》第 10 編，1913 年 3 月〕

〔四三〕國分青厓

188〈大武山中所見〉

　　三日與雲相後先，山輿巍脆路盤旋；峻峰多是萬餘尺，喬木盡經千百年。無底谷深流震地，寄生蘭大葉遮天。不知傀儡蕃何住？使我神遊太古前。

189〈力力社夜觀蕃人踏舞〉

　　設燕山中夜欲央，庭前燎火影煌煌；聞名大武榛狂俗，發興南蕃踏舞場。酋長衣裙披貝錦，少年口鼻奏笙簧。不圖今在荒遐地，鴃舌同聲頌我皇。

190〈南蕃〉

　　蕃社曼延多住東，或依海岸或山中；昔時傳自南洋島，今日依然上代風。甃石造廬牢且固，貝珠飾頸翠交紅；聖明不用結繩政，書契教兒方啟蒙。

191〈屏東觀瑞竹〉

　　枯竹生芽歲未深，琅玕滿地已成林；猗猗含綠千秋瑞，挺挺凌霄百尺心。風捲春雲看鳳翥，月來夜閣聽龍吟；青宮原有重明德，赤子皆希駕再臨。

192〈恆春〉

　　南望鵝鑾千里賒，枋寮沿海路成叉；蒼蒼老樹遮平地，莽莽炎風捲熱沙。絕不知名多異草，久傳有毒走奇蛇；驚魂三日宿蕃界，今夜恆春何處家？

193〈鵝鑾鼻〉

　　日本南端禹域東，鵝鑾岬角屹巃嵷；高低山嶽地形盡，出沒黿鼉濤勢雄。欲雨雲中紅嶼現，恆春海上黑潮通；桄榔椰子青青長，不斷吹天赤道風。

194〈大樹林〉

咫尺巍峨大武山，竹輿搖兀踏雲攀；避炎喬木深林底，慰渴奔湍激瀨間。兩日鐵槍勞驛警，一罌粟酒共溪蠻；老夫常說巖牆戒，卻為貪奇不憚艱。

〔《青厓詩存》卷 12《臺灣雜詩》，1975，頁 561、562〕

說明：大樹林，指大樹林山（今稱大漢山）。位於屏東、臺東縣界，海拔 1899 公尺，浸水營越嶺道的最高點。

195〈鵝鑾鼻即事〉

鵝鑾岬角俯重溟，鯨鰐成群海氣腥；為客臺灣南盡處，白頭欲揖老人星。

＊編者評：鵝鑾鼻詩用南極老人星事，極恰切高雅，想見其興會颸舉，一揮便就時也。

〔《臺灣日日新報》第 9539 號，1926 年 11 月 21 日，版 4〕

附：豬口安喜〈次青厓先生鵝鑾鼻即事韻〉

詩膽如天對遠溟，蒼蒼瀬氣帶龍腥；忽驚跌浪鯨鯢躍，
雲際危岩列七星。

〔《臺灣日日新報》第9540號，1926年11月22日，版4〕

〔四四〕勝島仙坡

196、197〈浸水營〉2首

一

大武山中浸水營，東瀛碧浪眼前橫；紅頭嶼現雲煙裏，天為詩人放快晴。

（紅頭嶼現則雨）

二

山蕃慓悍夙聞名，出草頻侵浸水營；今日迎賓薦珍味，竹雞炙副木魚羹。

（木魚謂椶筍，見東坡詩）

198~207〈力力蕃社雜吟〉10首

一

卉服花環異彩多，貓仙垂手舞傞傞；憐渠淳樸無虛飾，醉唱新民頌帝歌。

二

炎炎篝火映雲巒，遠客聯牀把酒看；老幼女男傾舍到，踏歌共極徹宵歡。

三

舞踏番番夜興催，社酋歡極欲忘回；齎來粟釀盈壺酒，恭向嘉賓捧巨杯。

四

閣社蕃酋來作群，謝陳前過語殷勤；如今深感皇恩渥，萬歲歡聲蕩夜雲。

五

美貓對客可憐嬌，宛轉新歌中律調；二八少年誇古曲，口頭琴和鼻頭簫。

（嘴琴鼻簫）

六

酋長威名世世傳，夫亡小社婦司權；後來誰是新頭首？端麗如花美少年。

（力力蕃有大小二社，小社酋長歿，寡婦司權，一子盛

裝來謁。）

七

古曲淵淵音節奇，幾班男女合還離；阿誰為傚劉郎筆，裁出蕃村新竹枝。

八

茹毛飲血住荊榛，強弱相屠豈本真；婦女守貞男好勇，生蕃畢竟可憐人。

九

層層積石作軒楹，小牖纔容日晷明；坐臥祖先枯骨上，床陰三尺是佳城。

（訪酋長家）

十

髫齡兒女性情溫，聰慧夙知君父尊；勸學授書年尚淺，東音流暢說三恩。

208〈蕃袋〉

縮伸自在紵絲囊，堪貯蹲鴟三日糧；出草有時盛首級，

淋漓鮮血滴輕裝。

209、210〈將出蕃界有作〉2首（十一月十四日）

一

半旬露宿又風餐，過盡蕃鄉心始安；歸化門前試回首，雲煙漠漠鎖層巒。

二

植筇歸化石門前，一振征衫掃瘴烟；西海青螺有無裏，阿緱平野渺連天。

211〈枋寮〉（以下臺西，十一月十五日）

回灣曲浦黑潮通，百畝榕陰爽午風；憶殺將軍茲上陸，金笳聲裡立青驄。

（乃木將軍上陸地）

212〈恆春道中〉

四列球松連石磯，蹴空鰐浪撼朝暉；沙塵莽莽烈風底，

車欲覆顛人欲飛。

　　（街道種琉球松，一名木麻黃）

213〈千人塔〉

　　防邊隘勇死凶蕃，合葬千人此祭魂；清代遺蹤六稜塔，夕陽粉壁照荒原。

　　說明：清光緒9年（1883），原住民襲擊枋山南勢湖守兵，陣亡三百餘名。

　　次年，清派兵取回骸骨，群葬建塔祭祀，稱白骨塔，俗稱千人塚。

214〈竹坑〉

　　炎南蕃害極悲悽，鬼氣襲人雲氣迷；憶起竹坑當日慘，啾啾繞樹怪禽啼。

215〈高士佛〉（蕃社名）

諸蕃住在亂山中，習俗相依各不同；好潔愛清高士佛，獨存君子國人風。

216、217〈恆春客舍〉2首

一

猴洞遺墟近大瀛，狂風撼屋睡難成；夜深燈滅驚危坐，澎湃濤聲雜雨聲。

二

琅嶠島外大瀛濱，天霽日暄風物新；紫白紅黃花不斷，始知南海有恆春。

218、219〈墾丁寮種畜場〉2首（十一月十六日）

一

墾丁寮在海南頭，椰子桄榔翁蔚稠；萬里遠移天竺種，綠陰深處檢犁牛。

　　二

　　大尖石下樹蒼蒼，麓拓墾丁飼畜場；優劣隨時能鑑別，人間最重馬牛羊。

　　說明：墾丁寮種畜場，位於鵝鑾鼻庄墾丁寮龜仔角山麓，明治 38 年（1905），由恆春廳經營；明治 42 年（1909），改為總督府直營。

220〈仙帆石〉

　　鬼削神劖百尺巖，海波高拔勢巉巉；土人呼做仙帆石，昔日仙人此挂帆。

221、222〈鵝鑾鼻〉2首

　　一

　　琅嶠三面是滄溟，潮去潮來天地青；我近古稀詩膽壯，立看南極老人星。

二

　　萬里南溟霽色開，桄榔林下雪濤堆；烈風捲地朝來急，吹撼鵝鑾百尺臺。

223〈琅嶠所見〉

　　篠茶深處竄狌鼯，猨玃成群鯨鰐趨；今古南方靈淑氣，碧淵深孕夜光珠。

224〈鵝鑾鼻燈臺長見贈夜光貝賦謝〉

　　故人迎我海之隅，南指七星巖有無；他日吾詩發精彩，草堂藏此夜光珠。

225〈見青竹蛇〉

　　南國巡游日駕車，步行恐觸毒蟲牙；徧過山澤眼初瞠，當路丈餘青竹蛇。

226、227〈龍泉庄纖維會社看龍舌蘭〉2首（十一月十六日）

一

南國凶蕃征牡丹，將軍乘艦冒狂瀾；今從農事麟兒在，遺跡徧栽龍舌蘭。

（赤松將軍曾從西鄉提督征牡丹蕃，令息某今為纖維會社社長。）

二

龍舌蘭絲縷縷長，一經洗練白于霜；伸張粘韌力無比，絢出艦船千丈綱。

228〈龜山〉

王旅欲懲蠻族頑，石門曾奏凱歌還；當時上陸知何處？雲暗龜山九折灣。

229〈琉球人墓〉（在車城庄統埔）

當年碧血草留痕，香火烟消冷墓門；嗚咽四重溪上水，

似傷五十四人魂。

230〈石門懷古〉

　　將軍一戰破天關，威震牡丹獰猛蠻；酋長乞降先歃血，
馬前恭捧白銀環。

　　附：豬口安喜〈次仙坡先生石門懷古韻〉：

　　天兵一下奪重關，我武維揚慴百蠻；若使清廷盟不靖，
將軍奚肯賦刀環。

　　〔《臺灣日日新報》第 9540 號，1926 年 11 月 22 日，
版 4。〕

　　說明：勝島氏於《臺灣日日新報》第 9539 號，1926 年
11 月 21 日，版 4 發表同題詩，原作：

　　膺懲驍將破天關，威振牡丹獰猛蠻；酋長乞憐先歃血，
馬前恭捧白銀環。

　　＊編者評：〈石門懷古〉「馬前恭捧白銀環」句，寫來

何等出色。

231〈四重溪溫泉〉

　　弔古暮歸從石門，四重溪上又停轅，靈泉一浴夜深臥，夢裏猶招忠烈魂。

232〈潮州車站偶得〉（以下阿緱，十一月十七日）

　　潮州以北鐵輪通，土俗漸無卑野風；手擘一籃香白柚，帶將清馥向屏東。

233、234〈潮州車窗所見〉2首

　　一

　　韠雀喧啾群萬千，趾鈎電線翼相連；有時飛散有時集，穲穲黃雲秋滿田。

　　二

　　瑞稻豐穰農事稠，汙邪刈了及甌窶；亂堆遺穗無人拾，家鴨一群先占秋。

235〈屏東製糖會社〉

　　半屏山下製糖場，椰子森森雲影蒼；移榻重陰午猶熱，
一盤香露啜仙漿。

236〈觀瑞竹恭賦〉

　　枯竹發芽追日蕃，長霑聖嗣寵臨恩；琅玕不獨天南瑞，
玉葉金枝滿禁園。

237、238〈屏東遇猪口鳳庵安喜喜賦二首〉

　　一

　　鳳庵篤學耳曾聞，詩藻文才兩軼群；翰墨因緣真不淺，
阿緱城下始逢君。

　　二

　　動植譜名屢起予，知君平日惜三餘；訂交賴有高人介，
千里遙齎袖海書。

239〈井筒樓招飲〉

買醉屏東翡翠樓，絃聲如雨酒如油；慧才侍宴秋峰女，
彩筆描花繡扇頭。

（歌妓秋峰善畫）

〔《仙坡遺稿》卷 3〈南瀛詩曆〉，1934，頁 13~20〕

240〈丙寅初冬觀瑞竹于臺灣製糖會社恭賦〉

新亭竹為柱，口久發芽蕾；千畝富何比，數竿青可尊。

一從迎鶴駕，年見長龍孫；鬱鬱昇平瑞，應知雨露恩。

〔《臺灣日日新報》第 9540 號，1926 年 11 月 22 日，版 4；
《仙坡遺稿》卷 3，1934，頁 40〕

說明：《仙坡遺稿》所收詩，改題：〈觀瑞竹恭賦〉，
首句「為」，改作「成」。

〔四五〕豬口安喜

241、242〈桐雨太守撰定高雄八勝會藤波千溪先生來遊題以七絕乃次其韻〉

　　一

　　大武朝曦

秀色巋然天一方，每從雲表漏晨光；何時獨立千尋頂？俯瞰滄溟拜九陽。

　　二

　　球嶼落霞

萬里風恬海氣微，小琉球嶼帶晴暉；歸帆穩在落霞外，乍看翩飄孤鶩飛。

　　〔《臺灣日日新報》第 9398 號，1926 年 7 月 3 日，版 4〕

243〈游屏東製糖工場看瑞竹有感〉

昔年迎鶴駕，草木被皇仁；瑞獻虛心竹，祥徵有德人。

嫩枝雛鳳舞，密葉景雲臻；勒石銘光寵，雄文閱歲新。

〔《臺灣日日新報》第 9421 號，1926 年 7 月 26 日，版
4；又刊《臺灣時報》，1926 年 8 月 15 日，版 8〕

〔四六〕結城蓄堂

244、245〈哭瀨戶辦務署長〉2首

一

一篇羽檄自潮州，奮戰知君斃後休；家有妻兒當痛哭，
誰揮劍戟報仇讎？百年天地孤忠盡，萬里山河斷碣留；遺恨
猶思魂未死，英靈長為鎮邊陬。

二

此夜愁傷雪滿庭，寒燈萬里想南溟；砲烟捲地雷霆響，
彈雨盈天草木腥。長劍空留燕石志，豐碑誰勒峴山銘；名蹤
曝屍人千古，好祭靈魂忠義亭。

（亭在潮州莊，祭當時殉難者，去歲，復興其祭典，言
實為首唱。）

〔《臺灣日日新報》第 227 號，1899 年 2 月 5 日，版 1〕

說明：明治 31 年（1898）12 月 28 日（陰曆 11 月 16 日），

林少貓部下林天福率眾襲擊潮州辨務署，署長瀨戶晉、巡查後藤英太郎等遭難，作詩追悼。詩見〈嗚呼瀨戶君〉一文。

〔四七〕菊池門也

246〈鵝鑾鼻岬〉（在臺灣南端）

　　駕到鵝鑾鼻岬濱，波濤萬疊不知津；大鵬欲展垂天翼，
雲影糢糊比律賓。

　　＊柳堂曰：作者嘗叱咤三軍，數戰于朔地，豪氣勃勃，
所以有此感。

　　〔《昭和詩文》第 30 帙第 11 集（第 282 輯），1940 年
11 月，頁 39〕

〔四八〕德富蘇峰

247〈四重溪之夜〉

　　一碧高天大月明，蛙聲閣閣雜蟲聲；恆春二月輕衫節，客倚籐牀詩未成。

248〈詠木瓜〉

　　色同牛酪漿尤滋，形似甜瓜香更奇；艷說荔枝三百顆，坡仙此味不曾知。

　　〔《臺灣遊記》，1929，民友社，頁 99、100〕

　　說明：昭和 4 年（1929）2 月，來臺考察途中夜宿四重溪，於潮州享用木瓜後各作 1 首。詩題為編者所加。

〔四九〕磯貝靜藏

249〈鵝鑾鼻燈樓之所見〉

　　來上燈樓眼界寬，紅頭嶼對呂宋灘；雄圖千載誰知得？

併作五洲一樣看。

　　〔《臺灣新報》第 164 號，1897 年 3 月 30 日〕

〔五十〕藤井葦城

250〈石門〉

吾元多恨客，憑弔石門來；岩下草花發，山頭猿狄哀。

251〈四重溪〉

不是尋常境，溪中別有天；公餘探戰蹟，半日坐溫泉。

〔《臺灣日日新報》第4856號，1913年12月16日，版3〕

252〈枋寮途上〉

點點散漁舟，奔波疑白鷗；斜陽枋寮路，縹淼小流虬。

〔《臺灣日日新報》第4905號，1914年2月5日，版3〕

〔五一〕藤田嗣章

253〈鵝鑾鼻〉

　　縈懷底事不成眠，船駛鵝鑾鼻盡邊；萬里奔潮注東海，
一燈光照極南天。

　　〔《臺灣日日新報》第 471 號〈航南日記〉4，1899 年
11 月 26 日，版 7〕

　　說明：明治 32 年（ 1899 ） 10 月，軍醫正藤田氏隨臺
灣總督児玉源太郎到臺南參加饗老典。去程乘船繞道東海
岸，停留蘇澳港、花蓮港，同 25 日晨抵鵝鑾鼻時所作。詩
題為編者所加。

〔五二〕藤波千溪

254〈下淡水溪〉

下淡溪流與海通，鐵闌橋架現長虹；水田灌溉萬千頃，
廟祀不忘懷樸公。

〔《臺灣日日新報》第9425號，1926年7月30日，版4〕

255〈觀瑞竹〉

鬱成林茂綠新篁，分得清陰施四方；音奏鳳鳴思○谷，
影颭魚尾訝瀟湘。如膏雨洗猗猗好，解慍風來細細香；幸有
遺賢逢聖代，青車過處發禎祥。

＊魏潤菴漫評：雅頌嗣響，細細香三字佳。

256〈蕃舍〉

不須甍興第，龐朴小石室；楣木刻人顏，以觀蕃美術。
出山又歸山，中途宿容膝；聖恩光被覃，今齊拜天日。

＊魏潤菴漫評：蕃人純樸，亦陛下赤子日月無偏照，諒哉。

〔《臺灣日日新報》第9429號，1926年8月3日，版4〕

說明：描寫位於屏東公園，以石板建成的屋舍，供原住民下山到市區的住宿休憩處所。

〔五三〕關口隆正

257〈阿緱〉

甘蔗林中走火車，縱橫鐵路淡煙遮；如今殖產成佳境，
不獨倒餐甘味加。

（古詩倒餐甘蔗入佳境，故云。）

說明：詩註「倒餐甘蔗入佳境」，出自宋戴復古〈客游〉
詩第 5 句；詩註末字原作「去」，疑形近而誤，改作「云」。

258〈枋山〉（投宿支廳，夜步海濱。）

雨霽海天秋月清，白波碎岸碧波平；夜來無警四鄰寂，
露壓芭蕉滴有聲。

259〈恆春途上〉

右海左山過急湍，芒鞋竹杖足游觀；老來當得大星壽，

踏破臺灣南極端。

〔《臺灣日日新報》第 3472 號〈南遊雜吟〉4，1909 年
11 月 23 日，版 1〕

說明：3 首皆明治 42 年（1909）南遊，途經屏東時所作。

〔五四〕鷹取岳陽

260〈大武晨曦〉

如濤峰影在東方，數點寒鴉認曙光；截斷乾坤雄且大，紅雲萬丈仰朝陽。

說明：本詩描寫大武山晨景，為〈高雄八勝詩次千溪先生韻〉8首之1。

261〈球嶼落霞〉

瞥見西南一翠微，琉璃盤上弄清暉；明霞老鶴秋天曠，偏向小蓬瀛裡飛。

〔《臺灣日日新報》第9415號，1926年7月20日，版4〕

說明：本詩描寫小琉球落日景觀，為〈高雄八勝詩次千溪先生韻〉8首之5。

〔五五〕鹽谷溫

262〈瑞竹〉

　鶴駕南巡渡海來，長風萬里到蓬萊；天恩一滴何祥瑞，
枯竹重生翠色開。

　〔《斯文》第19編第6號〈臺灣遊記‧屏東通信〉，
1937年6月1日，頁22〕

　說明：詩題為編者所加。

263〈石門〉

　懸軍絕海儆凶蠻，惡戰腥風瘴雨間；叱咤將軍揮劍起，
一呼忽拔石門山。

　註：西鄉提督奮戰之處。

　〔《臺灣日日新報》第13256號〈臺灣遊草〉〔其三〕，
1937年2月19日，版8；又刊《斯文》第19編第6號〈臺

灣遊記・四重溪通信〉，1937 年 6 月 1 日，頁 24〕

　　說明：刊於《斯文》所收錄詩，修改為：

　　膺懲絕海伐凶頑，惡戰蠻煙瘴雨中；叱咤將軍揮劍起，
一呼直拔石門山。

264〈四重溪溫泉〉

　　對酒高歌感慨頻，夷民齊樂太平春；石門山上今宵月，
曾照遠征千里人。

　　〔《臺灣日日新報》第 13256 號〈臺灣遊草〉（其三），
1937 年 2 月 19 日，版 8；又刊《斯文》第 19 編第 6 號〈臺
灣遊記・四重溪通信〉，1937 年 6 月 1 日，頁 24〕

　　說明：刊於《斯文》所收錄詩，首句「高」，改為
「豪」；末句「千」，改為「萬」。

265〈宿歷歷蕃社〉

　　一輪滿月四山明，幾處清歌樂太平；鴃舌解吟京調曲，蕃童多感又多情。

　　〔《臺灣日日新報》第 13256 號〈臺灣遊草〉（其三），1937 年 2 月 19 日，版 8；又刊《斯文》第 19 編第 6 號〈臺灣遊記・リキリキ通信〉，1937 年 6 月 1 日，頁 26〕

　　說明：歷歷社，屬於鳳山縣南路蕃社之一。刊於《斯文》所收錄詩，前 2 句修改為「一輪明月四山清，漫舞緩歌樂太平。」

266〈鵝鑾鼻〉

　　來到臺灣南盡頭，振衣巖上放吟眸；奮飛鵬翼向何處？豪氣欲吞全地球。

　　〔《臺灣日日新報》第 13256 號〈臺灣遊草〉（其三），1937 年 2 月 19 日，版 8；又刊《斯文》第 19 編第 6 號〈臺

灣遊記‧四重溪通信〉，1937 年 6 月 1 日，頁 23；又刊《喜壽詩選》，1955，頁 58〕

267〈歷歷道中〉

　　幽谷鳥鳴心自閑，路通紅葉白雲間；悠然轎上吟懷豁，看盡生蕃歷歷山。

　　〔《臺灣日日新報》第 13257 號〈臺灣遊草〉（其四），1937 年 2 月 20 日，版 8〕

　　說明：昭和 11 年（1936）12 月 24 日，台北帝大文政學部長今村完道招待他環島之行，經斗六、臺南，取道高雄、屏東、潮州、枋寮、恆春，抵達最南端的鵝鑾鼻，故有此 6 首作品。

參考文獻（依出版年代排列）

【專書】

岡部啟吾郎，《明治好音集》，東京：玉巖堂，1875。

館森鴻等，《竹風蘭雨集》，臺北：酒井邦之輔，1907。

臺灣總督府官房文書課，《臺灣寫真帖》，臺北：臺灣總督
　　府官房文書課，1908。

伊藤貞次郎，《劍潭餘光》，大分：自刊本，1914。

田代安定，《恆春熱帶植物殖育場事業報告》第 5 輯，臺北：
　　臺灣總督府民政部殖產局，1915。

柴辻誠太郎，《共進會記念臺灣寫真帖》，臺北：柴辻誠太郎，
　　1916。

加藤房藏，《孤松餘影》，東京：自刊本，1917。

井上圓了，《焉知詩堂集》，東京：妖怪研究會，1918。

落合泰藏，《明治 7 年生蕃討伐回顧錄》，東京：落合泰藏，
　　1920。

玉木懿夫，《遊臺詩草》，臺灣圖書館微捲，1926。

大久保利通，《大久保利通日記》，東京：日本史籍協會，
　　1927。

阪本釩之助，《臺島詩程》，東京：自刊本，1927。

猪口安喜，《東閣唱和集》，臺北：自刊本，1927。

島田謹二，《華麗島文學志：日本詩人の臺灣体驗》，東京：
　　明治書院，1995。

德富猪一郎，《臺灣遊記》，東京：民友社，1929。

青山尚文，《臺灣雜詠》，名古屋：青山鉞四郎，1931。

伊藤盤南，《西游詩草》附錄《蓬瀛詩程（抄）》，岐阜：
　　伊藤義彥，1933。

林欽賜，《瀛洲詩集》，臺北：光明社，1933。

勝島仙坡，《仙坡遺稿》，東京：勝島恆夫，1934。

松崎仁三郎，《嗚呼忠義亭》，內埔：自刊本，1935。

佐佐木基，《屏東詩存》，東京：佐佐木絹世，1937。

久保天隨，《秋碧吟廬詩鈔》，東京：久保舜一，1938。

上山君記念事業會，《上山滿之進》上卷，東京：成武堂，

1941。

川村竹治，《亞洲絕句》，東京：川村竹治先生古稀祝賀會
　　事務所，1941。

田中一二，《朗嘯集》，臺北：臺灣出版文化株式會社，
　　1943。

塩谷溫，《喜壽詩選》，東京：開隆堂，1955。

屠繼善，《恆春縣志》卷 14，臺北：臺銀經研室，1960。

國分高胤、木下彪，《青匡詩存》卷 12《臺灣雜詩》，東京：
　　明德出版社，1975。

室伏可堂，《恆春案內誌》，臺北：成文出版社（復刻），
　　1985。

田健治郎，《臺灣總督田健治郎日記》，臺北：中研院臺史
　　所籌備處，2001。

羅大椿，《臺灣倭兵紀事》，廈門：廈門大學出版社、九州
　　出版社，2004。

後藤新平，《棲霞詩草》，收入《後藤新平文書》，東京：
　　雄松堂書店，2009。

胡巨川，《日僑漢詩叢談》1-8 輯，高雄：春暉，2012-
　　2019。

顧敏耀等，《一線斯文：臺灣日治時期古典文學》，臺南：
　　臺灣文學館，2012。

楊儒賓，《瀛海掇英：臺灣日人書畫圖錄》，新竹：清華大
　　學出版社，2013。

廖振富等，《在臺日人漢詩文集》，臺南：臺文館，2013。

施懿琳，《全臺詩》，臺南：臺灣文學館，2014。

【雜誌、報刊】

《采詩集》，臺南：采詩會，1912。

《弘道》（第 274~285 號），東京：日本弘道會事務所，
　　1915。

《臺灣警察協會雜誌》（第 61、62、65 號），臺北：臺灣
　　警察協會，1922。

《日本警察新聞》（第 552、554、561、562 號），東京：
　　日本警察新聞社，1922。

《斯文》（第 14~22 編），東京：斯文會，1932~1940。

《臺灣教育》（第 336~338 號），臺北：臺灣教育會，1930。

《昭和詩文》（第 166、282 輯），東京：雅文會，1930、1940。

《興風》（第 1 集），鹿兒島：敬天舍，1933。

《南洋水產》（第 4、5 卷），東京：南洋水產協會，1938、1939。

《詩林》（第 217~235 集），東京：詩林社，1939~1940。

《臺灣日日新報》（漢珍 /YUMANI 清晰電子版），臺北：漢珍數位公司，2004。

《詩報》，臺北：龍文出版社（復刻），2007。

《臺南新報》，臺南：臺灣歷史博物館（復刻），2011。

跋

大山昌道

　　幕末から明治の初年にかけて，東京に三計塾という私
塾がありました。塾を開いたのは漢学者安井息軒。「治身
済民」の実現を求めて厳しい指導を行い，ここから多くの
政治家、軍人，そして学者を輩出しました。

　　谷干城（牡丹社事件時陸軍司令官）、井上毅（明治
７年北京交渉随員）、陸奥宗光（第２次伊藤内閣外務大
臣）、明石元二郎（第７代台湾総督），みな安井息軒門下
です。「日本来詩」の作者，安藤定氏もこの塾に入門して
いました。

　　1874年４月，安藤氏は東京府小学校教員を辞して陸軍
に入り，台湾蕃地事務都督付属として，西郷従道の下に配
属されます。同月，品川や横浜から，将兵や器械、兵糧を
載せた蒸気船が長崎に向けて出帆しました。

春風三月出京城，花笑鳥歌送我行；前途作期君知否？
欲弔臺灣鄭延平。

　安藤氏はこの船に乗って，先ず長崎に向かったので
す。長崎には蕃地事務局がありました。
　5月，日本軍は瑯嶠湾に到着。
　6月，行軍中の安藤氏の姿が，指揮官の上申書に描か
れています。連日連夜の霖雨、溪谷の氾濫、食糧の腐敗。
彼は再び筆を執りました。

　大業七辛八苦間，坐看跋涉幾江山；覇呑瓊埔臺灣境，
三十六橋十二彎。

　戦闘を終えて，安堵した彼の目に映った台湾の自然
は，とても美しかったのです。
　6月15日，赤松参軍（赤松則良）が台湾から上海に

航ります。随員は七名。その一人は「地方事務課安藤
定」。参軍が上海で会談したのは，柳原前光特命全権公使
でした。

　安藤氏は若き文官だったのです。ですから，清国政府
使者と接触する機会もあったことでしょう。作品は清国大
臣の許に届き，そして文献に記されました。

　爾来この二首七絶は作者不明のまま150年の時を過ご
します。

　このたび・屏東の林俊宏老師によって，作者が明らか
になりました。

　「日本来詩」の歩んだ道を想い・跋に代えます。

附錄

書寫屏東日本漢詩人小傳〔依姓氏筆劃排序〕

一、清領時期

〔一〕大久保利通（Ōkubo Toshimichi，1830~1878）

幼名正助，別名市藏、一藏，號甲東，後改名利通，薩摩藩士。明治維新三傑之一，明治 7 年（1874）爆發牡丹社事件，同年，任全權大臣到北京與清廷談判簽約。返日途中，繞道恆春、龜山、石門戰場巡視。

〔二〕水野遵（Mizuno Jun，1850~1900）

幼名恂造，字大路，名古屋人。明治 7 年（1874）3 月，以海軍省口譯員身分，隨樺山資紀從打狗（今高雄）登陸，到東港、枋寮、柴城、射寮等地偵查。牡丹社事件時在軍中擔任通譯。明治 29 年（1896），任臺灣總督府民政局長。同年，邀友人創玉山吟社。著有《臺灣征蕃記》。

〔三〕安藤定（Andō Sadamu，1850~1895）

水戶人，安井息軒門人。曾任教東京府小學校，之後轉投陸軍。明治 7 年（1874）4 月，派任臺灣蕃地事務都督付屬；5 月，征臺之役來臺；12 月，隨軍返回日本。

〔四〕東久世通禧（Higashikuze Michitomi，1833~1912）

號竹亭、古帆軒，京都人。明治天皇侍從長，明治 7 年（1874）11 月 24 日，擔任天皇敕使到龜山，諭知西鄉氏率軍凱歸。

二、日治時期

〔五〕乃木希典（Nogi Maresuke，1849~1912）

又名源三郎、文藏，字石樵，或署尚敏，山口人，日本陸軍大將，擅寫漢詩。明治 28 年（1895）10 月 11 日，乃木希典率日軍南路第 2 師團從枋寮外海登陸。該鄉大庄村（大崑麓）有「乃木將軍上陸紀念碑」。次年 11 月來臺，擔任第 3 任臺灣總督。著有《乃木希典遺稿》。

〔六〕二宮熊次郎（Ninomiya Kumajirō，1865~1916）

號孤松，別號震堂、画美人樓主人，宇和島人。新聞記者，明治 31 年（1898）創立元真社，發行報刊，發表政局評論，児玉源太郎擔任總督府期間（1898~1906）來臺遊歷。著有《南遊詩草》。

〔七〕上山滿之進（Kamiyama Mitsunoshin，1869~1938）

號蔗庵，或署蔗庵學人滿，山口縣人。東京隨鷗吟社社員。大正 15 年（1926）7 月 16 日，出任第 11 任臺灣總督。

〔八〕川村竹治（Kawamura Takeji，1871~1955）

號亞洲，秋田縣人，明治 42 年（1909）10 月，來臺任總督府內務局長，同 44 年，休職返日。昭和 3 年（1928）7 月再度來臺，出任第 12 任臺灣總督。

〔九〕川畑哲堂（Kawabata Tetsudō，？~？）

名武夫，鹿兒島人。

〔十〕土居通豫（Doi Michimasa，1850~1921）

　　字士順，號香國、香谷、香國花史、香國散史，土佐（今高知縣）人。明治 28 年（1895）8 月，隨日軍來臺，擔任臺灣總督府陸軍郵便局長。次年，升為首任通信部長。與水野遵、中村櫻溪等友人共同倡設玉山吟社，著有《征臺集》等。

〔十一〕三屋清陰（Mitsuya Seiin，1857~1945）

　　名大五郎，號恕、清陰逸人、子恆、三子恆，筆名東門小史、東門史上，越前（今福井縣）人。明治 29 年（1896）4 月，應臺灣總督府招募國語學校講習員到臺灣，曾任教宜蘭國語傳習所、宜蘭公學校，後轉任臺中師範學校助教授、國語學校助教授及第二附屬學校主事。明治 36 年（1903），任《臺灣教育會雜誌》漢文報主編，後轉任《臺南新報》漢文版主筆。南雅社社員。

〔十二〕久保天隨（Kubo Tenzui，1875~1934）

　　名得二，字士奇，號默龍、青琴、兜城山人、虛白軒、

秋碧吟廬主人，生於東京。昭和 3 年（1928）2 月，來臺；
次年 3 月，應聘擔任臺北帝大文政學部東洋文學講座教授。
1930 年，創立南雅吟社。在日本被推崇為與國分青厓、岩溪
裳川鼎足的詩壇巨擘。著有《秋碧吟廬詩鈔》等。

〔十三〕小西和（Konishi Kanō，1873~1947）

　　號海南，香川縣人。大正 15 年（1926），以憲政會總
務身分來臺視察。昭和 11 年（1936），為眾議院議員南洋
視察團成員，第 2 回到臺灣視察，著有《瀨戶內海論》等。

〔十四〕小室貞次郎（Komuro Teijirō，1874~1945）

　　號翠雲，或署小室貞，群馬縣館林市人，南畫大家，與
松林桂月合稱日本南畫雙璧。昭和 7 年（1932）1 月，與高
橋坦連袂來臺遊歷，5 月返日。

〔十五〕井上圓了（Inoue Enryō，1858~1919）

　　幼名岸丸，出家後改名圓了，號甫水，越後（今新潟縣）

人。佛教哲學思想家、教育家。明治 44 年（1911），應邀
到臺灣巡迴演講。著有《妖怪學》等。

〔十六〕田代安定（Tashiro Yasusada，1857~1928）

　　熱帶植物研究先驅者，筆名天倪子，薩摩（今鹿兒島）
人。明治 28 年（1895）6 月，來臺，任職臺灣總督府民政部
殖產局技師。明治 34 年（1901），奉命到恆春實地考察，
次年，創設恆春熱帶植物殖育場，擔任主任 10 年，有《恆
春熱帶植物殖育場事業報告》第 1~6 輯等。

〔十七〕田健治郎（Den Kenjirō，1855~1930）

　　幼名梅之助，字子勤，號讓山，或署讓山健，丹波（今
兵庫縣）冰上郡人。大正 8 年（1919）10 月 29 日，來臺擔
任第 8 任（首任文官）臺灣總督，大正 10 年（1921），在
官邸招待全臺詩人吟唱，作品輯成《大雅唱和集》。吳文星
等匯編其漢文日記：《臺灣總督田健治郎日記》。

〔十八〕永田桂月（Nagata Keigetsu，？～？）

〔十九〕平野師應（Hirano Norimasa，？ ～1915）
　　原姓爾，後改為平野。明治 34 年（1901），任職臺灣
總督府，5 年後調任專賣局臺南出張所技師、專賣局煙草課
技師、臨時臺灣舊慣調查會補助委員。

〔廿〕玉木懿夫（Tamaki Yoshio，1872～ ？）
　　號椿園，居東京。三井會社調查課長，大正 15 年（1926）
10 月，隨三井會社總辦牧田環來臺視察產業，順道遨遊各
地，即景賦詩。返日後，將在臺所作漢詩輯成《遊臺詩草》。

〔廿一〕伊藤貞次郎（Itō Teijirō，1859～1924）
　　字暘谷，豐後（今大分縣）人。幼受庭訓，熟讀漢學，
東京帝大農科大學畢業。明治 31 年（1898）4 月來臺，任
嘉義辨務署主記，後歷任臨時臺灣土地調查局第二課技手、
殖產局苗圃主任等職。淡社社員，參加吟詩活動。大正 4 年

（1915）5 月依願免官，返日。著有《臺灣造林指針》、詩集《劍潭餘光》。

〔廿二〕伊藤鴛城（Itō Enjō，1864~1936）

名謙，字太虛，武藏（今埼玉縣）人，廣島楓社漢詩會指導人。

〔廿三〕伊藤盤南（Itō Bannan，1866~ ？ ）

字義彥，號香川，山口人，擔任師範學校校長，昭和 2 年（1927）11 月，來臺出席日本全國師範學校校長會議，也到各地參觀，返日後，將在臺遊歷所作詩輯為《西游詩草》附錄《蓬瀛詩程》。

〔廿四〕吉川田鶴治郎（Yoshikawa Tazujirō， ？ ~1915）

號醉古、牧嶺、蘆屋，筆名吉川田鶴雄，名古屋人。曾任臺灣總督府技手。明治 37 年（1904）1 月，任職恆春熱帶植物殖育場事務囑託，10 月，因家事辭職返日。後來再度來

臺,任臺南廳文書係,大正4年(1915)1月病逝。編有《西
篁薤露集》。

〔廿五〕西川萱南(Nishikawa Kennan,1878~1941)

名鐵五郎,字百鍊,筆名西川鐵,福岡縣人。師承日下
部鳴鶴,大正12年(1923)年來臺,先後應聘臺北第一師
範學校(今臺北教育大學)、臺北州立第二高等女學校(今
北一女)教師,活躍於當時臺灣書壇。南雅社社員。昭和14
年(1939)返日,著《槿域遊草》。

〔廿六〕安永孤竹(Yasunaga Kochiku,?~?)

名參,號木石、勿庵,別署西南學人。任職法院書記官。

〔廿七〕佐佐木基(Sasaki Motoi,1861~1937)

號屏東,筑前(今福岡縣)人。明治33年(1900)10
月來臺,任臺灣總督府屬;同35年至42年(1902~1909),
擔任阿緱廳廳長,著有《屏東詩存》。

〔廿八〕足達疇村（Adachi Chūson，1867~1946）

　名達彥，字文甫，山梨縣人。篆刻家，昭和2年（1927）
11月7日，應邀來臺訪問交流。

〔廿九〕阪本釼之助（Sakamoto Sannosuke，1857~1936）

　本姓永井，後為元老院議員阪本政均收養而改姓，字利
卿，號蘋園，尾張（今愛知縣）人。歷任福井縣知事、鹿兒
島縣知事、名古屋市長、貴族院議員、樞密顧問官。昭和2
年（1927）7月，以日本貴族院議員、赤十字社副社長身分，
來臺考察結核防治及設立診療所業務，順道參觀各地景觀。
返日後，將在臺行程所作漢詩輯成《臺島詩程》。

〔卅〕尾崎秀真（Ozaki Hotsuma，1874~1949）

　原名秀太郎，字白水，號古邨、讀古邨莊主人、讀畫書
樓主人、讀石聞蘭室主人，岐阜縣人。明治34年（1901）
來臺，歷任《臺灣日日新報》記者、漢文欄主筆，及臺灣總
督府囑託等職。明治37年（1904）9月，隨行後藤新平等到

中南部視察，次月起，發表〈隨行記事〉35 回。穆如吟社、
南雅社社員。編《通俗臺灣歷史全集》等。

〔卅一〕児玉源太郎（Kodama Gentarō，1852~1906）

號藤園、藤園居士、藤園主人，日本陸軍名將，山口人。
牡丹社事件時曾隨樺山資紀入侵臺灣。明治 31 年（1898）
3 月 28 日，接替乃木希典成為第 4 任臺灣總督，與後藤新平
共同奠定臺灣現代化的基礎。明治 33 年（1900）3 月 15 日，
邀臺灣進士、舉人、貢生等文士 72 位，在臺北淡水館舉行
揚文會。穆如吟社社員。

〔卅二〕沼口半仙（Numaguchi Hansen，1871~ ？）

名豐彥，鹿兒島人。明治 29 年（1896）8 月來臺，任職
警察，曾派駐臺北、宜蘭、新竹、六龜、屏東等地山區分駐所。

〔卅三〕青山尚文（Aoyama Naofumi，1864~1933）

名鉞四郎，號無聲、尾州，名古屋人。曾任愛知縣議會

議員、辯護士。昭和3年（1928）10月，來臺參加在臺北醫
專舉行的港灣大會，並遊覽名勝，沿途歌詠臺灣山川草木、
風土民俗，凡七律30首，輯為《臺灣雜詠》。

〔卅四〕松崎仁三郎（Matsuzaki Jinzaburō，1886~ ？）
　　茨城縣人，大正11年（1922）來臺，曾擔任內埔公學
校第6任校長（1925~1937），戰後返回日本。編著有《嗚
呼忠義亭》等書。

〔卅五〕松野綠（Matsuno Midori，1890~ ？）
　　字翎川，號汝陽，松本人，寓居東京。昭和11年（1936）
年來臺，任職臺灣製糖株式會社屏東工場囑託，獲地方士紳
推薦為屏東書院改築委員、屏東斯文會副會長。昭和17年
（1942）年返東京。

〔卅六〕後藤新平（Gotō Shimpei，1857~1929）
　　號棲霞、棲霞散人、棲霞主人、棲霞軒主人、棲霞山人、

棲霞逸人。陸奧（今岩手縣）人。明治 29 年（1896），來臺任總督府衛生顧問；明治 31 至 39 年（1898~1906）間，升任臺灣總督府民政局長（後改稱民政長官）。明治 32 年（1899）9 月，循海路赴南部巡視；明治 37 年（1904），又到中南部地方巡視。穆如吟社社員，著《棲霞詩草》。

〔卅七〕秋田俊男（Akita Toshio，1860~ ？）

號美峰、美山，福島人。明治 39 年（1906）來臺，任職臺灣總督府屬；次年，調職鹽水港廳；明治 42 年（1909），調職臺東廳庶務課。

〔卅八〕籾山衣洲（Momiyama Ishū，1855~1919）

本名逸也，字季才，筆名籾山逸，別號衣浦漁叟、衣洲楂客、衣洲病夫、衣洲逸士、澄心廬主人、櫻雨堂主人、何陋庵主人，三河（今愛知縣）西尾人。原姓尾崎，入嗣姊夫家，改姓籾山。明治 31（1898）年 12 月，應聘來臺，擔任《臺灣日日新報》漢文主筆。次年，創立穆如吟社，時邀官紳，

吟風詠月，互相唱酬。神田喜一郎、島田謹二共推為文壇祭酒。1904 年離臺。

〔卅九〕柳原松塢（Yanagihara Shōu，？~？）

名蛟，久留米人，明治 28（1895）年，來臺。同 32（1899）年 9 月，主辦《臺灣公論》。加入淡社。同 37（1904）年，返回日本。

〔四十〕原田春境（Harada Shunkyō，？~1915）

名吉太郎，字弧南，東京人。明治 28（1895）年來臺，同 30 年，任滬尾公學校教諭兼校長，後轉任臺南廳總務課、臺南博物館長，創采詩會，主編《采詩集》，玉山吟社社員。

〔四一〕高橋定坦（高橋坦）（Takahashi Jōtan，1883~1951）

幼名矢島喜一，明治 27（1894）年，為永昌院住職高橋慧定弟子、養子，改名高橋定坦。號竹迷，岐阜縣人。任曹洞宗清光寺住職，擅詩畫，漢詩師承福井學圃，與小室翠雲

情誼深厚。昭和 7 年（1932）1 月，與小室貞次郎連袂來臺，
5 月返日。

〔四二〕能勢靖一（Nose Seiichi，1861~ ？）

字盤山，鹿兒島人。歷任臺灣總督府事務官、參事官。
臺北廳警視、南投廳長、臺東廳長。

〔四三〕國分青厓（Kokubu Seigai，1857~1944）

本名高胤，字子美，別署太白山人，又號評林子、松
州、金峽，仙臺人。曾任報社主筆。大正 15 年（1926）11
月 1 日，應臺灣總督上山滿之進的邀請，與勝島仙坡連袂
來臺遊覽。在臺詩作，收錄木下彪編《青厓詩存》卷 12〈臺
灣雜詩〉。

〔四四〕勝島仙坡（Katsushima Semba，1858~1931）

名仙之助，字翰、飛卿，號靜園主人，備後（今廣島縣）
人，獸醫學博士，東京帝大教授。大正 15 年（1926）11 月

1日，應臺灣總督上山滿之進的邀請，與國分青厓連袂來臺遊覽。著《仙坡遺稿》，其中卷3〈南瀛詩曆〉，為遊臺所作。

〔四五〕豬口安喜（Inoguchi Yasuki，1864~1933）

字鳳菴，號葆真、葆真子、葆菴、醉霞軒、鳳菴逸史，福岡縣人。明治29年（1896）來臺，曾任臺中縣巡查、臺北縣警部、基隆廳警部等職。大正7年（1918）返回日本。6年後，再度來臺，任臺灣總督府秘書課囑託、臺灣總督府史料編纂會編纂委員、基隆租稅檢查所警部、高雄州知事官房等職，南雅吟社社員。昭和7年（1932）告老返日。編《東閣倡和集》。

〔四六〕結城蓄堂（Yūki Chikudō，1868~1924）

名琢，字治璞，但馬（今兵庫縣）城崎人。明治30年（1897）來臺，任職臺灣總督府，後調任臺南縣事務囑託，參與編纂《臺南縣誌》。加入穆如吟社。

〔四七〕菊池門也（Kikuchi Monya，1883~1964）

號秋圃，岐阜縣人，陸軍大學校畢業，為陸軍中將，曾任東亞研究所理事。

〔四八〕德富蘇峰（Tokutomi Sohō，1863~1957）

本名猪一郎，字正敬，號銑研、山王草堂主人、青山先客，筆名菅原正敬、大江逸郎、蘇峰學人，肥後（今熊本縣）人。1887年，組成民友社，創刊雜誌《國民之友》。1890年，創刊《國民新聞》。昭和4年（1929）2月，來臺灣西半部視察旅行，次月返日。沿途見聞寫成《臺灣遊記》。山梨縣山中湖村設有紀念館。

〔四九〕磯貝靜藏（Isogai Seizō，1850~1910）

號蠶城，美濃（今岐阜縣）人。明治29年（1896）4月來臺，擔任臺南縣知事，後兼嘉義縣、鳳山縣知事。

〔五十〕藤井葦城（Fujii Ijō，1863~1925）

名乾助，號烏犍，備後（今廣島縣）深安郡人。明治 30
年（1897）12 月來臺，擔任總督府法院判官等職。加入穆如
吟社。大正 7 年（1918），退職返日。

〔五一〕藤田嗣章（Fujita Tsuguakira，1854~1941）

號秋村，江戶（今東京）人。明治 28 年（1895）8 月來
臺，擔任臺灣守備混成旅團軍醫部長。明治 35 年（1902），
調往廣島，離開臺灣。

〔五二〕藤波千溪（Fujinami Senkei，1865~1936）

名鍬，字田器，東京人。大正 15 年（1926）暮春，偕
田邊碧堂連袂來臺旅遊。

〔五三〕關口隆正（Sekiguchi Takamasa，1856~1926）

字士璠、耕堂，靜岡人，明治 30 年（1897）來臺，任職臺中辦務署長、臺灣總督府臨時臺灣土地調查局事務官、臺中縣事務囑託，著有《夢界遺文》、《臺灣歷史歌》等。

〔五四〕鷹取岳陽（Takatori Gakuyō，1869~1933）

名田一郎，字克明、峻，又號岳陽仙史、岳陽處士、悠然亭主人，岡山縣人。明治 41 年（1908）來臺，12 月，任臺中農會事務員囑託；次年 3 月，轉任阿緱廳庶務課勤務；明治 44 年（1911）9 月，調升總督府總督官房文書課囑託。昭和 3 年（1928）3 月，辭職返回日本。編《壽星集》、《臺灣孝節錄》、《臺灣列紳傳》等。

〔五五〕鹽谷溫（Shionoya On，1878~1962）

字士健，號節山，又號樂水居士，東京人，東京帝大漢學科畢業，東京帝大教授。昭和 11 年（1936）12 月，接受臺北帝大（今臺大）文政學部東洋文學講座之邀來臺，客座

講授文學史，講題〈中國戲曲小說史〉。同月 23 日客座結束，
由文政學部長今村完道陪同環島旅遊，次年元月 4 日返日。
此行講學、旅遊行蹤、會見政要與藝文界人士的經緯，寫成
《臺灣遊記》。

國家圖書館出版品預行編目

日本人書寫屏東詩選 / 林俊宏、大山昌道編.
-- 臺北市：致出版, 2023.12
面；　公分
ISBN 978-986-5573-66-9(平裝)

861.7　　　　　　　　　　112017714

日本人書寫屏東詩選

編　　　者／林俊宏、大山昌道
出版策劃／致出版
製作銷售／秀威資訊科技股份有限公司
　　　　　114 台北市內湖區瑞光路76巷69號2樓
　　　　　電話：+886-2-2796-3638
　　　　　傳真：+886-2-2796-1377
網路訂購／秀威書店：https://store.showwe.tw
　　　　　博客來網路書店：https://www.books.com.tw
　　　　　三民網路書店：https://www.m.sanmin.com.tw
　　　　　讀冊生活：https://www.taaze.tw

出版日期／2023年12月　　定價／300元

致 出 版　　　　　　　向出版者致敬